MUSE

Lou Valérie Vernet

MUSE

Paru sous le titre « Pensées Clandestines »,

© 2024, Lou Valérie Vernet
Édition : BoD - Books on Demand, info@bod.fr
Impression : BoD - Books on Demand, In de
Tarpen 42, Norderstedt (Allemagne)
Impression à la demande

ISBN : 978-2-3225-4306-9

Dépôt légal : juillet 2024

Aux heures indues,
Et à tous les insomniaques !

Ne prenez pas la vie au sérieux.
De toute façon, vous n'en sortirez pas vivant.
Bernard Le Bouyer de Fontenelle

Prodrome

Aux pires cauchemars, les grands remèdes.

Que vous soyez en plein burn-out, sous la pluie, coincé dans un embouteillage, tributaire d'une grève, le moral à zéro, désespéré d'avoir manqué une fois encore la chance de votre vie, ce florilège de pensées est pour vous.

D'habitude, les auteurs croient donner à lire ce qu'ils ont écrit de meilleur.

Moi je suis certaine de vous offrir le pire.

Oui, je l'ai fait exprès.

Non je ne vous déteste pas. Bien au contraire.

Après lecture, vous devriez même retrouver une belle estime de vous.

Avec un neurone, zéro empathie et une bonne dose d'humour noir, l'idée de vous débarrasser de cet opus en l'offrant à votre pire ennemi devrait soulager votre pesanteur.

Aussi, bon vol en « absurdie » et à bientôt le plaisir de surfer un jour ensemble, bien au-dessus du pied de la lettre…

1

Avoir pour seule amie une poubelle. Sur qui je puisse taper, à qui je puisse tout donner. Des feuilles froissées, des crachats écœurés. Qui saurait tout ce que je n'ai pas dit et que j'ai mal écrit. Une poubelle de deuils à l'appétit féroce. Qui obligerait à la décharge de mon ventre trop plein. Qui se satisferait du mauvais et de mes pires ennemis. Sans âme et sans reproche, une poubelle haute et lourde. Qui jamais ne déborderait, ni ne tomberait. Fidèle à mes injures. Inviolable et secrète.

Une poubelle à démons, aux anges déchus. Criblée, saccagée, désincarnée. Muette et digne. Fière de son savoir. Insatiable. Pleine de mon passé, digéré, consommé. Qui n'attendrait que ça, de me voir soulagée. Riant à mes nouvelles peurs tout en les mâchant goulument.

Une poubelle que j'aimerais et qui m'aimerait. Parce qu'elle, elle saurait, pendant que moi, j'oublierais.

2

Je ne suis que peau de chagrin
Dans un trou d'air.

3

L'amour est une série de clichés.

On prend les femmes pour des sirènes alors évidemment ça finit en queue de poisson.

On les prend pour des fées, elles nous transforment en clochard.

On les prend pour des princesses et on tombe de cheval.

Tant qu'on n'en a pas fait le tour, on essaye. Encore et encore. Des petites morts empilées les unes sur les autres et parfois même les unes dans les autres. Des histoires qu'on se raconte.

Il était une fois…

4

Je suis là, je choisis, j'hésite.
Je voudrais faire plaisir.
Ca ou ça ou plutôt ça ?
Aime, aime pas ?
Vert, bleu, marron ?
Lu, pas lu ?
Je déambule. Une galerie, dix magasins. Vingt minutes, des heures, une journée.

Rien n'est assez bien. Elle est trop bien.

Alors comme j'ai peur de déplaire, je n'achète rien.

Le soir au rendez-vous, j'ai les mains vides.

Le cœur ardent mais les mains vides.

Et que croyez-vous qu'elle va voir ?

5

Quand vous serez au bord de la fin,
Ouvrez enfin les yeux.

6

Mon frigo a le ventre sec.
De l'air refroidit en boucle son vide abyssal.
Une bouteille d'eau attend d'être bue.
Seule, sur la première tablette.
Aucun aliment n'est venu le souiller. Mon frigo est comme je l'ai acheté. Blanc, neuf, sans trace et sans odeur.
Et pourtant, il a faim.
Je le sais.
D'être ouvert, rempli, vidé, consommé, sali, usé, pillé. Il a faim de choix, de couleurs et d'envies. De fruits frais, de beurre à tartiner, de jus à partager, de viandes à frire, de petits plats à mitonner, de bouteilles à déboucher.
Il a faim de toutes ces mains qui le fouilleraient, à qui il pourrait offrir. Faim de bruit et de rires. Quand la porte s'ouvre et que la vie lui parvient. Dans la cuisine, la table serait dressée. Une jolie nappe, de la belle argenterie. Le parfum d'une rose. Un soir d'été ou un matin d'hiver. Des lumières allumées, une musique distillée.
Il a faim d'être plein à défaut d'être deux.

Il y a dans chaque cœur d'enfant une mer de larmes, un océan de souvenirs, des torrents de violence. Des flots de regrets en pluie de rancunes aux affluents du pardon. Des mots à la suite, tourbillon d'émotions, maux de tête détestables, maelstrom indigeste. Inextricable, inexpugnable. De cris en échos de silence, la sentence flagellée, le devenir fou, l'appel du vide et le saut transcendé. Le corps de guingois, les épaules rentrées, l'estomac comprimé. Une voûte abyssale et la colonne en zigzag. Ramper, marcher, manger, dormir. Au mieux c'est grandir. Plusieurs fois c'est vomir. La douleur est veule, se répand et salit. Le corps lâche, se révolte et implore. La mer le recouvre, le noyé se débat. L'eau ravale, mouille et sale. Les pleurs reniflent, l'air efface et sèche le vent qui échoue au ventre des diarrhées. Le sable plein la bouche, l'enfant tait l'exaction. Sa dette n'a pas de prix, elle dure la vie. Si mourir c'est payer, reste à attendre le jour. Le temps rallonge, épuise, amenuise. L'usure effiloche, ne tient plus qu'à un fil. Il y a dans chaque cœur d'enfant la vie qu'on arrache à la mère. La houle du souvenir, le ressac persistant. Les crustacés de la justice qui exigent le paiement. L'enfant a trop d'amour mais pas assez d'argent. La mer pétrit la vague, l'océan se déchaîne. Si apprendre à nager c'est fuir, le voyage sera long. Il faut encore amarrer et ne plus échouer. La terre est un asile, le fou peut s'arrêter. La mer l'a rejeté. Aujourd'hui c'est un fait.

8

Au vent qui s'ébroue
L'herbe morte
Se redresse.

9

Il faut avoir le courage de sa colère.
Le courage et sa couleur.
Rouge comme le vin ou comme le sang
 La vie n'est qu'une vengeance.
Sur la naissance.
Le premier cri, la première peur.
La suite n'est qu'une erreur.
J'ai pris l'arme et puis j'ai bu.
J'ai trinqué et j'ai tiré.
Evidemment, ça aurait pu mal tourner.
Je crois que j'ai fait mal. Pas assez. Si peu.
Il faut avoir le courage de sa colère.
Le courage et son pardon. Indulgence et gentillesse. Si je n'avais pas crié, je ne serais pas née.
Alors je n'aurais pas tué.
Père ou mère, il fallait voir. J'ai pas choisi. Pas fait le tri. Eux s'en sont tirés. Moi je suis enfermée. Pas eu le courage de bien viser. Ils m'ont ratée.
J'ai fait pareil.

10

Il y a des femmes qui font rêver à l'amour, à qui l'on pourrait tout concéder, chez qui on voudrait tout déposer.

Des femmes pour qui les mots doux, les fleurs et la passion ont été inventés.

Des femmes qui restent longtemps à hanter le cœur d'autres femmes.

Des femmes dont on sait très bien qu'elles partiront avant d'avoir usé la gamme des sentiments.

Des femmes qu'on chassera pourtant pour un rayon de soleil afin de ne pas souffrir le manque et les doutes. Parce qu'il faut vivre et croire que le meilleur viendra.

Des femmes dont on s'échappera, l'espoir sauf et le rêve possible.

Des femmes, des femmes, des femmes….

11

Je n'aime pas la nuit,
C'est moche.
 La lune est fourbe,
Les étoiles illusoires.
On n'y voit rien la nuit.
Ça efface les pas,
Les visages,
Et les sens.
Ça ronge les cœurs solitaires,
La nuit.

12

Le rire de l'enfant
Dans ma main
Rebondit…

13

Tant pis. Si je meurs demain. Tant pis.

Je n'aurai pas assez aimé, j'aurai perdu du temps. J'aurai vécu pour rien. Avec tous mes chagrins.

Tant pis.

Il est trop tard maintenant. Je lui ai juste dit que je voulais vivre avec lui.

Cette vie au moins !

Pour les autres, toutes les suivantes, on verrait. Mais celle-là. On y était presque. C'est quoi une vie dans le flux de toutes les autres ? On m'a traitée de folle. J'aurais bien aimé. Je ne serais pas là à regretter.

Tant mieux. S'il meurt demain. Tant mieux. Il n'avait qu'à m'écouter. Je ne voulais pas que ma dernière pensée soit pour ce que je n'ai pas fait. J'ai pris l'arme et j'ai tiré.

Une fois, il est tombé. Deux fois, moi à côté C'est bien. Si on meurt ensemble.

C'est bien.

Au moins, on ne sera pas séparé.

14

Je veux partir. Loin. Ailleurs. Partir comme on voyage. La folie devant, les doutes derrière. La première fois que j'ai voyagé, c'était à dos de livres. Les mots m'avaient ouvert la voie, j'ai suivi les lignes. Et j'ai aimé. La respiration des virgules, le repos des points, l'essentielle interrogation, la folle exclamation. J'ai aimé à outrance, dans l'absolu, la passion, la servitude. J'ai aimé à vouloir écrire aussi. Le voyage des autres ne me satisfaisait plus, il me laissait à quai, ne comblait plus mes manques. Mais comment voyager seule quand on ne l'a jamais fait ? Comment créer le partir, quand on est encore amarrée ? Qui étais-je pour ainsi vouloir créer ? Dieu est créateur, je n'étais pas Dieu, je ne pouvais pas créer. Alors j'ai copié. Les bons mots de l'un, les maximes de l'autre. Comme ils ne me satisfaisaient pas non plus, j'en ai changé le sens, le rythme et puis l'idée. Ecrire c'est ne pas savoir dire. C'est s'être trop tu. Qu'avais-je à dire qui ne soit déjà révélé ? Mes premiers accents m'ont fait pleurer. Ils étaient aigus, n'en finissaient pas de hurler. Les graves devenaient solennels, pour ne pas dire ennuyeux. Les circonflexes m'ont sauvée, leurs chapeaux m'abritaient. Alors les mots sont devenus mes amis et les verbes ont fini par se conjuguer. Au passé d'abord, dans l'espoir d'un futur ensuite, dans le plaisir du présent enfin. Maintenant il me suffit de les écrire pour jouir. Jouir de les voir prendre vie. Grâce à moi, puis malgré moi, presque en dehors de moi, presque plus fort que moi. Ils sont un voyage, de l'intérieur vers l'extérieur, de moi à vous, de moi pour vous. Ils sont mes ailleurs, ce qui n'est pas si loin.

15

Il faut toujours remplacer un souvenir
Par un projet.

16

Y a des tas de trucs qui peuvent me passer dessus sans que ça me touche. Le vent, la pluie, les saisons, je suis imperméable. La colère, les coups, les blessures, je suis inébranlable. La mort, l'abandon, le rejet, là encore je suis imbattable.

Mais le rire, la liesse, le bonheur. Que le diable m'en préserve. Ces choses-là ne font pas que passer. Quand elles ont trouvé où pourrir, elles prennent tout leur temps. Elles te rentrent dedans, illusoires et oniriques. Assidues aux mensonges, fidèles au sacrilège. Elles te boivent jusqu'à la lie, pleines d'espoirs et de facéties. Les yeux dans les yeux, une main tendre sur la joue, l'autre en serment sur le cœur, elles jurent qu'elles ne partiront pas.

Et c'est vrai !

Leur souvenir reste gravé.

Demain c'est promis, je commence à t'aimer.
J'apprends à être heureux. Je redeviens gentil.
Et même si je peux, j'oublie qu'il pleut dans ma vie.

Demain ou après-demain. A l'aube.

Avant que le mal ne me réveille et que la douleur m'insupporte.

Avant que le jour n'éclate au soleil et ne grille mes derniers rêves.

Quand j'aurai l'habitude de mes tourments. Que je les aurai nommés, rangés, listés. Qu'ils auront leur place dans un tiroir.

Et que ce tiroir sera fermé.

Quand le bruit aura cessé.

J'ai le cœur si gros qu'il se cogne effrontément. Boum, boum, boum, geint-il à l'usure du destin.

Qu'on me sorte de là. J'étouffe, je suffoque.

On m'asphyxie.

Je n'ai pas fini de pleurer. J'empeste le souvenir. Humide et salin. Les pieds dans la tourbe.

Hier est plus présent que demain.

Les jours ne sont plus à l'heure.

A l'aiguille des secondes, l'éternité s'est figée. Voilà pourtant que le vent se lève. Il tourbillonne mais n'emporte rien.

Je suis coincé, serti dans le temps.

Il y a tant de nuits à faire mourir.

Et si peu d'envie.

18

J'aurais pour toi tous les silences
Si je pensais que ça serve à quelque chose
Aussi je bruis, en t'attendant.

19

J'ai le cœur à l'échafaud suspendu au cou d'une belle comme un vulgaire collier de plomb.
Elle me balade sans grâce ni retenue et je me cogne à son indifférence.
Griffé du sceau du souvenir voilà que je saigne.
Des larmes, jaune vermillon, extraites du pus de la douleur.

20

L'humanité ne sera jamais qu'un brouillon,
Une ébauche passive de nos envies
Comme un piteux coup de crayon
Sur le grand livre de la Vie.

21

Il y a les mots que l'on dit et ceux que l'on écrit. Ceux qui osent et ceux qui s'étouffent. Ceux sans importance et ceux qui en ont trop. Ceux qu'on rabâche, très facilement et ceux qu'on ressasse, difficilement. Ceux qui nous éclairent et ceux qui nous minent. Ceux qui s'offrent, libres et généreux, et ceux qu'il faudrait voler. Ceux qui s'affirment et ceux qui tremblent. Ceux qui ne disent rien et ceux qui voudraient tout. Ceux que l'on donne, ceux que l'on viole. Ceux qui jouissent et ceux qui souffrent. Ceux qui acceptent et ceux qui s'entêtent.

Il y a tout ce que tu sais et tout ce que je ne t'ai pas dit. Tout ce que je voudrais savoir et que tu continues de garder. Toutes les fois où tu m'as vue et celles où je t'ai écrit. Il y a tant d'échanges que nous n'aurons jamais, ces différences qui nous séparent. Que pourrais-je bien encore vouloir écrire en te quittant ?

22

Imaginer 1001 façons de mourir...
En choisir 7...
N'en retenir aucune.

1/ C'est l'été. Un soleil irradie Paris. Aux terrasses des cafés, les filles, épaules et jambes nues minaudent entre elles. Leurs yeux pétillent, elles sont belles, je les regarde. L'une d'elles me fait tourner la tête. En équilibre sur mon vélo, je me hisse sur les pédales, opère un quart de tour au niveau du buste et manque de tomber. Je l'entends qui glousse. Je continue ma route, en danseuse, frayant mon chemin entre les voitures. Je fredonne. Je suis bien. Légère, aérienne. Je déboule à l'angle de Rivoli, face au métro Saint Paul. J'ai encore oublié le feu et c'est le choc. Le taxi qui croise mon chemin, m'éjecte d'une poussée. Ca y est, je vole, je virevolte. Légère, aérienne. Tout a été si vite. La chute est brutale. Tête la première, je m'asphalte. Pour une fois que je n'ai pas le temps de souffrir.

2/ Les rideaux ont été tirés. La pénombre a gagné la chambre. J'entends des chuchotements et des glissements de pas. Il y a du monde dans les pièces voisines. Des tas d'amis qui se succèdent à mon chevet. Tous veulent m'accompagner. Ils ont peur. Demain ils continueront seuls et cela les effraie. Bientôt trente ans que nous cheminons côte à côte. Je pars avant eux. Je sais, ce n'est pas très fair-play. Mais j'ai mon compte. Je suis lasse. Plus aussi belle, plus aussi vive. La place est à la jeunesse et la jeunesse m'a quittée. J'ai frôlé les quatre-vingt ans. Je ne crois pas que j'aurais eu assez de souffle.

3/ Une nuit dans mon lit refroidi. Il vient de claquer la porte. Parti. Le silence et le vide. C'est tout ce qu'il a laissé. Il y a trop de place et je suis si petite. Toute mouillée de pleurs et de morve, je titube jusqu'à l'armoire des flacons et j'avale. Tout et n'importe quoi. Dans le désordre. Entre deux goulées d'alcool. Et je m'endors. Sans lui. Pour la première et la dernière fois

4/ Premier jour d'automne. Le téléphone sonne. Une voix que je ne reconnais pas demande à me parler. Je réponds « oui, c'est moi ». Cette voix, toujours sans visage, m'annonce que ma mère vient de mourir. Quelque chose aussitôt me transperce le cœur. Une douleur comme aucune autre jusqu'à présent. Je sais que je grimace. Je sais que je cède. Je glisse sans un bruit. Trente ans que je ne l'ai pas vue. Il est temps que j'aille la rejoindre.

5/ J'ai enfin écrit le livre à paraître. Enfin trouvé les mots qu'une éditrice souhaite voir imprimés. Je me fais un nom, une place. J'ai des fans, de l'argent, du succès. Je suis reconnue, encensée, promise à un bel avenir. Je souris, je n'ai plus peur, les femmes m'aiment. Je reçois des prix, j'écris, j'écris, j'écris. Puis un matin, devant la page blanche. Le néant. Le trou noir. L'abandon.

Ma muse s'est tirée. Je n'écrirai plus. Autant mourir !

6/ J'ai marché longtemps. Le souffle court, la respiration haletante. J'ai voyagé sans fin et loin. Parcouru des milliers de kilomètres. J'ai gravi des sommets, foulé des déserts. Le froid, la faim et la fatigue en besace sur les épaules. Il y a eu les rencontres et les partages, des femmes et des enfants et quelques hommes, aussi, pas très souvent. Chaque année, un défi, un autre monde, d'autres couleurs. Et ce chemin à parcourir. Tout ce chemin. Pour arriver maintenant. Au pied de cette montagne. La dernière. Où je m'allonge. Rompue. Sevrée. Réconciliée. J'ai fini mon tour.

7/ Le matin s'est levé sur un ciel noir. L'orage était là. En attente. Une chape de misère recouvrait Paris. Les immeubles étaient gris, les costumes noirs, les visages blêmes. Plus personne ne souriait dans les rues. Une sourde colère plombait l'atmosphère. Les gens étaient malheureux. Et moi j'allais hagarde. Sans rien voir. Je savais qu'il était trop tard.

23

C'est une nuit trompée par une pleine lune,
Une nuit en plein jour,
Mais peut-être que je m'égare.

24

J'ai raccroché et j'ai pleuré.
Doucement. Longtemps
Des larmes fines et silencieuses
Pas le genre gros sanglots. Plutôt celui d'un robinet mal fermé. Un filet continu qui me débordait du coin des yeux, butait sur ma joue, finissait sur mes lèvres.

Ça rendait mon regard clair, plus lumineux, presque transparent. C'était du gâchis. Personne n'était là pour voir. Un si beau regard.

J'aurais fait craquer toutes les filles avec un regard pareil. Elles se seraient noyées.

Je les aurais sauvées.

25

Elle est là, cachée en chacune. Un sein, une bouche, un galbe. Un accent, une force, un rire.

Un peu de ce rêve perdu, démembré, éclaté.

Elle est partout, elle n'est nulle part.

A peine je crois la tenir qu'il me manque déjà ce qu'elle n'a pas.

Elle est toutes à la fois. Et plus je la cherche, plus je me perds. J'égare en elles ma quête. Frustrée, dépossédée, appauvrie.

J'avance dans la nuit de mon désir. Aveugle et folle. Un jour, un mois, une heure. Jamais trop de temps. Vite, trop vite, les saisons passent. Une après l'autre, je me fourvoie.

Et pourtant, elle est là, quelque part.
Même si je ne la vois pas.
Son parfum s'accroche à plusieurs, j'essaie de le retenir. Il s'évapore dans l'odeur d'une autre.
Je reste seule.
Si je les ai toutes, je ne me console d'aucune.
Combien de femmes encore pour une seule qui les contiendra toutes ?

***

26

Surtout qu'on ne me réveille pas.
La lune est là, pleine et haute, blanche et lumineuse.
Je le sais, elle prend la place, dehors, derrière moi.
Elle s'installe, s'agrandit, s'arrondit et le soleil ne se lèvera pas.
La nuit va durer et si c'est un rêve, mon rêve perdurer.
Qu'on ne me réveille pas.
Tant pis pour les oiseaux, l'aurore, les terrasses au soleil, les filles aux regards clairs.
Cette nuit ne peut se réveiller.
Qu'elle patiente, je suis en sommeil.
Je vis un songe.

Je collectionne les napperons réalisés par des femmes gauchères de plus de soixante-huit ans habitant le Finistère mais étant originaires de Mongolie centrale.

Je dors suspendue à une tringle dans ma chambre pendant une semaine tous les jours entre le 18 et le 25 novembre.

Dans mon grenier les filles sèchent par paquet de douze et demi et ne me demandez pas ce qu'est devenue la dernière moitié tombante.

Si cette annonce vous intéresse, passez votre chemin. Même amoureuse, raide dingue fan de vous, je n'embrasserai jamais un pigeon, tout voyageur fût-il ! ».

Si tout ceci a un sens,
Si tout doit être dit,
Si je peux raconter,
Si je dois témoigner,
Qu'on me laisse le temps,
De vivre et tout prendre,
Le meilleur, l'indicible,
Ce qu'il faut de croyances,
Pour seulement devenir,
Quelqu'un de vivant.

29

À cet instant donc et devinant cela, il aurait fallu que je ne la fixe pas.

Que son regard ne m'invite pas et que sa bouche taise les mots.

Qu'elle n'en joue pas, que je ne surenchérisse pas.

Qu'elle soit belle mais que je ne m'en aperçoive pas.

Il aurait fallu que je ne m'approche pas, que je ne la respire pas.

Que mes mains au fond de mes poches ferment l'envie que j'avais déjà d'écouter sa peau.

Que mes pas s'éloignent et trouvent une autre place.

Il aurait fallu que ce ne soit pas si évident.

Mais ce fut comme un élan.

Inévitable.

30

Il y a des sourires qui invitent,
Un soir d'ivresse,
Ne pas sombrer en tristesse.
Au détour d'un regard, Ne pas être en retard.
Oser la rencontre, Se tenir tout contre.
Ouvrir la danse, Accueillir la transe.
Un petit bout de bonheur,
Pour rattraper l'humeur.
S'enrouler de désir, Ne plus pouvoir partir.

Une poignée de secondes,
Pour tenir tête au monde.
L'envie de sa bouche,
Ne m'a pas rendue farouche.
L'envie de ses mains, A redressé mes seins.
Un élan de tendresse,
Pour tuer ce qui blesse.

31

Tu reprends la pose, tu t'étales, heureux face au badaud qui t'accroche du regard. T'as quoi ? Pas vingt ans. L'assurance de ton corps poli et ferme, l'arrogance des espoirs pas encore trahis, le regard assuré de celui qui voit sans être vu. Planqué derrière tes lunettes, tu mates ceux qui te matent. Combien d'autres avant toi sur cette chaise longue ? Et combien d'autres après toi ? Après quelle sueur et sur combien de pets, tu viens de poser ton joli petit cul ? T'imagines qu'avant toi, ce bout de plastique a vu quoi ? Qu'est-ce que tu sais des éléments qui te servent tous les jours et dont tu n'as que faire ? T'es-tu déjà glissé dans une autre peau que la tienne, par considération, par jeu, par curiosité tout simplement ? T'es-tu déjà incarné en autre chose que toi-même ? Les gens ont si peu d'importance, alors les choses. Les objets ont-ils une âme ? Surtout ceux d'aujourd'hui, même pas façonnés par la main de l'homme mais démultipliés par la machine.

Et pourtant, ce plastique incurvé sous tes fesses de jeune premier pas près d'arriver aurait à raconter. Imagine les couples qu'il a vus s'alanguir, les sauts d'enfants impatients, les tremblements moites des vieux affaiblis, les affaissements des demoiselles délicates, les brusqueries des petits cons tout-puissants. Les rires oubliés aux accoudoirs, les secrets prisonniers des jointures, les larmes tailladées aux fissures, les silences pendus aux interstices. Les respirations, les odeurs, les salives. Toutes ces mains aux prises directes, fermes ou molles, les coups de canifs, les mots grivois, les « Mon amour, je t'aime, à jamais » gravés dans l'espoir d'une certitude. Cette fille peut-être que tu auras laissé filer parce que sous ses petits seins, tu n'auras pas vu battre un cœur plus gros que tes couilles ne porteront de vies. Et ce gosse avant toi et tous les rodéos de sa voiture, son imagination aux rêves plus grands que toutes tes certitudes.

32

Necker.
Un midi pluvieux, hôpital des enfants malades.
Entends !
Ce qu'il faut de courage aux mamans pour qu'en descendant du métro Duroc, leurs cœurs ne s'effritent pas. Quel chemin à pacifier pour franchir les quelques mètres qui les séparent du hall d'entrée, remonter l'allée centrale en laissant à droite un jardin d'enfants trop souvent désert, faire

le zigzag jusqu'au bâtiment 19, gravir la quinzaine de marches qui mènent au premier étage, pousser la porte du service immunologie, poser leur veste, leur sac et leur lassitude au portemanteau déjà surchargé, se voiler d'un masque, mettre dans leurs yeux délavés toutes les tendresses du monde, pénétrer dans la chambre, se laver les mains, enfiler une blouse, des gants et croire que dans un lit bulle au plastique épais, le petit bonhomme qui attend saura se contenter de les sentir au travers de manchons caoutchouteux et noirs. Faut une furieuse envie d'y croire et une putain de force de caractère, des kilos tonnes d'espoirs et des kilomètres de sourires pour revenir encore et encore. Faut qu'il soit dans une énergie de vie à réveiller les morts pour les attendre jour après jour, semaine après semaine, souvent mois après mois et parfois année après année.

Chimio, greffes, soins, piqûres, cathéters, sondes contre sang damné, globules anarchiques, défenses immunitaires en folie. Sa violence contre leur douceur, ses silences contre tous leurs mots d'amour, son sommeil comateux contre leurs nuits sans rêve et puis un jour inversement, ses grands yeux rieurs face aux leurs fatigués, sa force combative contre leur lassitude épuisée, sa sortie de bulle pour une fin de cauchemar et un nouveau chemin, jamais fini, à préserver.

Moi, depuis lui, je donne mon sang quatre fois par an, au moins. C'est pas mal, tu sais. J'ai pu vérifier que ça me purge, je suis nourrie gratis et ça me permet de lire en toute légitimité les revues peoples. Très instructives.

On y apprend le dérisoire et la vanité, qu'une souffrance compte autant de degrés variables qu'il y a d'hommes sur la terre, que le besoin de héros et le fanatisme se portent à merveille et que je ne regrette rien à ne pas leur ressembler. On y rencontre d'autres humains, des femmes surtout, toi qui me lis sans doute. On y passe un après midi à se sentir meilleur, un peu moins con, à regretter cependant de ne pas l'avoir fait avant.

Parce que si tu réfléchis bien, et là, je te parle à toi le garçon, si souvent absent des grands fauteuils à bascule, parce que collé à celui de ton ordinateur ou à celui de ton tableau de bord, les plaquettes sur ta voiture, ça te sert bien à freiner et donc à te préserver, dans leurs vies, à eux, mes petits, ça sert à les propulser. Aussi quand t'auras fini d'user les tiennes, parfois inutilement, pense à venir booster les leurs. Et tu verras qu'après ça, en plus, tu repartiras des ailes dans le dos. Pas encore ange tout de même, mais bon, un rien amendé !

Si t'as été curieux en plus d'être responsable, gentil et humain, tu ressortiras de l'EFS avec dans les mains les coordonnées de la banque internationale de moelle osseuse. Et au point où tu en es, tu cours t'y inscrire illico. Tu ne vas pas chipoter pour un infime bout de toi qui irait bien se loger ailleurs. Sors de ton nombril et voyage, bon sang !

Dans le même ordre d'idées, tu acceptes le don d'organes. Si ton corps a tant d'importance, tu pourras vérifier qu'il continue d'exister après toi, reconnaissance posthume, la gloire, alléluia et sinon, je ne vois vraiment pas ce que t'en aurais à foutre.

Après ce petit délestage de survie, tu t'offres à la science. Qui sait, ce que grâce à toi, nos chers petits étudiants peuvent encore découvrir. Un vaccin anti-personnel, un gène d'altruisme à propulsion rapide ou un chromosome sympathico-aimant. Que tu sois homme ou femme et qu'ils ne trouvent rien, tu pourras toujours te consoler en pensant que, jusqu'à la fin, on t'aura chatouillé l'orteil et plus si affinités.

Reste plus qu'à ordonner une incinération. Si tu crois à l'âme, laisse-la se libérer de la pesanteur et rends ton corps à la terre. Poussière tu étais, poussière tu redeviendras. Que celui qui désire se souvenir de toi, sache te trouver en lui à chaque instant plutôt qu'une fois en ton cimetière. Et si tu ne crois à rien, fais-moi confiance. Je n'ai pas d'intérêt dans l'histoire, c'est juste une question pratique. Tu ne vas tout de même pas continuer de peupler la planète avec ta dépouille quand les enfants, à la place de cimetière, auraient tellement besoin de jardins et d'espace.

Et pour finir, si tu veux que les ailes qui te sont poussées à la sortie du centre de transfusion t'emmènent loin, loin devant, n'oublie pas de donner un peu de ce que tu possèdes à une œuvre de charité.

Alors, seulement après, tu pourras te reposer. Repu et qui sait même, heureux !

33

Choses qui font le poète

Prenez du papier, un crayon, de l'inspiration, ça donne le début de la solution.

Avec un coin de lune, du vent et des étoiles, votre rêverie n'en rimerait pas plus mal.

Rajoutez des amis, du vin, une jolie femme et voyez aussitôt comme votre verve s'enflamme.

Evitez ce bout d'horizon à l'ombre d'une bougie, c'est ainsi que finirent bon nombre de maudits.

Notez que sans passion ni abnégation, vous souffrirez sûrement de votre condition.

Curieux, enthousiaste et prêt à tout autant que torturé, névrosé, un peu fou.

Soyez déraisonnable, toujours limite, en sursis, il n'y a que là que vous toucherez au génie !

34

Tu avais le goût du bonheur et l'odeur de l'amour, j'ai crû te reconnaître, je n'ai fait que te confondre.

L'illusion est un miroir parfait, ce qu'il nous renvoie se pare d'idéal.

Comment y croire ?

Il n'est qu'un mot, ne peut s'incarner.

L'idéal est un rêve.

Sa force est notre faiblesse, l'appétit de nos cœurs à faire éponge de chimères.

35

Prends soin de tes rêves avant qu'ils ne te diabolisent d'abandon.

Ecoute ton utopie avant qu'elle ne se transforme en chimères. Et vis, je t'en prie, vis.

Tu vas tellement te décevoir.

Et tu risques de t'en apercevoir.

36

Accrochée au mur, une farandole d'envies.

Un fil blanc entre deux punaises vertes et des tas de petits papiers de différentes couleurs tenus par des pinces à linge avec inscrits tout en vrac :

Amour, Voyage, Livres, Soleil, Joie, Partage, Espoir, Temps…

Tu vois, rien que de très banal.

Des besoins, du précieux, de l'indispensable, du superflu, de quoi remplir ton oreiller à souvenirs quand il ne te restera plus que la force de la mémoire et encore si Alzheimer daigne passer son chemin.

Par les temps qui courent, c'est qu'elle a faim, la traîtresse du bulbe.

37

Il est dit que les océans constituent soixante dix pour cent de la surface du globe. Que ce sont les glaciers qui font les océans qui font les mers, qui font les lacs, etc.….

Moi je crois que ce sont les larmes d'un autre monde qui a péri il y a de cela des milliards d'années. Un monde qui s'est vu mourir et qui n'a jamais cessé de pleurer. Sinon pourquoi serait-elle si salée ?

Les marins d'aujourd'hui viennent pardonner leurs fautes et terminer une histoire qui ne s'asséchera qu'à la fonte totale des glaciers.

Quand l'humeur du passé aura fini de gémir sa défaite.

38

Elle naquit le jour le plus froid de l'année 1970.

Un dimanche de désolation dont sa mère disait qu'elle avait dû garder trace tant elle était timide et renfermée.

Elle eut une enfance maussade et sans ombrage, une adolescence triste et solitaire.

Quand elle pensait à son père, si discret, lent et silencieux, elle se demandait toujours comment il avait fait. De quel mouvement trop brusque elle était issue. Si sa mère l'avait forcé, s'il était même son père quoiqu'elle s'inquiétât toujours de lui ressembler.

Ce qui prouvait après tout qu'elle n'était pas trop sotte.

Sa seule joie avait été de travailler dans un jardin d'enfants. Ils étaient dans un monde qu'elle ne pouvait atteindre mais qu'elle aimait partager.

Pour maquillage, un fin trait de crayon noir. Jamais de parfums, ils trahissent les corps. Peu de bijoux, pas de pacotille. Elle se voulait transparente.

Elle ne fumait pas, ne buvait pas, mangeait raisonnablement. Son excès était la patience, dans cette attente interminable qu'un jour sa vie changerait. Elle ouvrait d'ailleurs les portes avec précaution. Qui sait si quelqu'un n'était pas derrière à l'attendre.

Sa vie fade et sans éclat avait pourtant basculé un matin de printemps. Elle venait d'avoir 22 ans. Un homme était venu qui lui avait plu. Elle l'avait épousé, avait eu un enfant. Sa vie commençait à s'animer. Premiers sourires. Et même des rires.

Puis l'enfant était mort. Un accident. Son mari l'avait mal surveillé. Elle n'avait pu le supporter alors elle l'avait tué.

La dernière fois qu'elle avait soufflé ses bougies, c'était il y a 2 ans. Les filles de sa cellule et quelques-unes du même couloir avaient réussi à cantiner ce bout de bonheur. Depuis elle retenait son souffle. Elle avait trop peur des bourrasques.

Elle avait continué sa vie comme elle l'avait commencée, péniblement, dans l'ennui et la tristesse. Le souvenir en plus. Celui d'un enfant aimé qui aurait pu la réconcilier.

A 33 ans, elle prémédita sa mort de la même tisane préparée pour son mari. L'automne la recouvrit d'un épais manteau de feuilles orangées. Ceux qui la connaissaient, auraient pu dire que toute sa vie durant il lui avait manqué une saison.

Un été bleu et éclatant.

39

Si long est le chemin,
Si brève est la vie.

40

Si j'étais le monde ? Ah, si j'étais le monde... Ce que je ferais... D'abord, c'est sûr, je tomberais à genoux.

Le regard au plafond du ciel et les bras ouverts, tendus à l'infini, j'implorerais la terre de pardonner aux hommes de lui piétiner la face, de profaner son ventre, d'asservir ses ressources.

Je vomirais l'injustice jusqu'à supplicier les bourreaux, les traîtres et les malins.

Je condamnerais le béton à s'emmurer d'isolement en peignant sa grisaille aux couleurs de l'arc-en-ciel.

Je pleurerais d'impuissance devant la bêtise édifiante des pensées imbéciles. Et je noierais les abjects dans la fange de leurs monstruosités.

Alors, seulement, je demanderais une minute de silence, chaque jour et partout, pour le cycle des vies qui vont et repartent à chaque seconde, les arbres endeuillés, les animaux sacrifiés, les humains foudroyés.

Ivre de possibles, j'accrocherais au bout de mes dix doigts des conditionnels à n'en plus finir et, devenu le monde, j'éduquerais les oiseaux à chanter plus fort que tous les hymnes nationaux, leurs vols drainant à leur suite un souffle de vie plus libre que tous les idéaux.

Je soufflerais au vent de s'ébattre comme une caresse, au soleil de briller sans irradier et à la lune de régner sans rendre fou. Les mers auraient des bras jusque dans chaque pays, nourriciers et bienfaiteurs.

J'élirais les différences au rang de richesses à cultiver, invitant les contraires à respecter la plus infime de leurs nuances.

Je traquerais l'indifférence, l'ignorance et la peur qui sont à la guerre ce que l'œuf est à la poule et je pointerais au bout de leur haine, le sourire d'un enfant, le parfum d'une femme.

Je brûlerais dans un grand feu blasphématoire tout ce qui se revendique d'argent, les effigies numéraires, les icônes en papier-monnaie avant d'en édifier un monument si laid et si difforme qu'il serait à jamais impossible à celui qui le regarde de vouloir lui consacrer toute une vie de labeur.

J'apprendrais aux malades à reconnaître la souffrance qu'ils n'ont jamais voulu entendre et qui a tant blessé leur âme avant de terrasser leur corps.

Je punirais le paraître à tout homme qui ne saurait déjà être. Puis j'habillerais d'indulgence et de compassion ce pauvre hère démuni de son seul bien - lui-même dans sa parfaite nudité.

Je réformerais l'école dans un apprentissage du jeu, des arts et de la création.

Je ferais tellement, qu'à la fin, j'oublierais peut-être que je ne suis qu'un homme.

Et seulement un homme.

41

Nuit * Brouillard * Train * Vitesse * Passager *
Femme * Jeune * Belle * Triste *
Fuite * Danger * Violence * Conjugal * Distance *
Sos * Peur * Aide * Marseille * Parent * Instant T
* 23h32 * Collision * Freinage *
Bruit * Cri * Pleurs * A terre * Sang * Spasme *
Sidération * Larmes * Mot * Non *
Trou * Blanc * Trou * Noir * Absence * Lumière
* Vision * Souffle * Air * Manque *
Mal * Halètement * Douleur * Poitrine * Dernier
souffle * Trop tard * Enfant * Broyé * Orphelin.

42

On pourrait un jour dans l'Amour et le Bonheur faire des Choix Dignes.

Nos Enfants retrouveraient la Foi, de la Grandeur et une certaine Humanité.

Leur Identité Joyeuse serait pour le Karma collectif Libératrice.

Le Monde à l'état Naturel redeviendrait Oasis, Providence et Quintessence.

Dans le Respect et le Souci de Tous, l'Utopie servirait la Vérité.

Alors des Wagons entiers de Xénophiles s'uniraient aux Yogis et l'univers s'épanouirait enfin, Zen.

43

J'entre dans la nuit comme je vais en chimère accueillir les étoiles.

J'entre dans la nuit comme je guette le mystère sur le mât d'une voile.

J'entre dans la nuit comme je rentre en moi les paupières mi-closes.

J'entre dans la nuit comme chute le jour au berceau de la lune.

J'entre dans la nuit comme je prie un secours au sommet de la dune.

44

Hiver, intervalle des amours mortes.

Dame nature a fermé ses portes, rangé ses outils et s'est endormie, fatiguée de ses trois précédentes saisons.

Le froid la contraint à se refermer sur elle-même, elle hiberne. Puisant en son sein de quoi résister aux gerçures qu'un vent glacial ne manquera pas d'agacer, elle attend.

Que la pluie lave ses plaies, que le froid tue ses parasites, que la neige repose en paix, qu'un soleil, franc et direct, caresse sa croûte.

Elle attend que le repos la régénère, qu'en son centre fourmille l'envie d'un ailleurs et qu'un nouveau cycle se prépare.

Elle sait que c'est l'hiver, temps du silence et de l'introspection, des bilans et des deuils. Elle n'a pas peur, elle n'est pas triste.

Elle sait qu'on lui a pris mais qu'elle redonnera, encore et toujours. Elle est en vacances.

Plus rien n'est exigé, que le retour à soi.
Ses possibles ont été mis à rude épreuve, ses limites dépassées, elle peut s'abandonner.

Elle a le temps.

Au printemps, elle s'étirera. Languissante et doucement impatiente, elle renaîtra.

Et de nouveau, avec nous, elle y croira

Je vous écris de l'intérieur, du centre.

Plein cœur.

Là où gîtent mon bonheur et tous les sourires qui vont avec.

Là où se cache ma pépite, l'histoire de ma vie, chacun de mes rires, chacune de mes larmes, mon vivier d'émotions, mon geyser de contradictions. Là où pleure pourtant ma dernière innocence.

Personne n'est au courant. C'est comme un grand secret. Enfoui. Comme un miracle, apparu puis aussitôt disparu. Comme un éclair qui m'a traversée pour ne jamais ressortir.

Fiché pile en moi, battant ma mesure, pulsant mon souffle, l'entièreté de mon être et tout l'amour dont il est capable.

Enclavé, serti, prisonnier.

Juste un regard, une nuit, dans le lointain d'une soirée enfumée, dérobé à l'ivresse, soumis aux heures indues.

Là où tout est facile autant qu'interdit.

Là où il n'aurait pas fallu pourtant puisque impossible, illusoire.

Lui le grand homme, le sage, élevé au rang des saints, priant la grâce de Dieu et moi la pécheresse comme il dit. Qui l'a détourné du chemin. Ensorcelé. Abusé.

Le monde à l'envers. Lui qui se plante en moi, donne vie, s'en va et m'en accuse.

Et cette petite graine qui ne cesse de grandir depuis, dont le murmure s'infiltre partout, que j'entends dans chaque pensée, à partir de chaque respiration.

Que bientôt mon corps expulsera et que la vie reconnaitra. Ou pas !

Qui sait ce qu'il se passe en plein magma intime quand, d'un coup, un passager clandestin rejoint la terre ferme et ne trouve pas racine ? Ou à demi-mesure, déjà boiteux, presque renié ?

Alors que tout sur terre s'écrit à partir de là, de l'intérieur, du centre.

Alors que tout nait du dedans. Les hommes, les bêtes, la faune et la flore.

Plein cœur.

Quand bien même il saigne et se bat et gémit et s'insurge autant qu'il rit, ploie et se gonfle d'espoir.

Quand bien même, il hurlerait dans vos silences.

46

Tout laisser tomber,
Ce qu'on avait à faire, ce qu'on faisait.
Tout donner à l'autre.
Prendre le temps d'être avec lui.
Cinq minutes ou une heure,
Complètement là.
S'apercevoir que cet autre n'était que soi
Qui attendait qu'on le prenne dans ses bras.

Quand l'amour m'a quitté, j'ai perdu le sommeil. Elle aime autre part, ils dorment ailleurs. Comme je n'avais où aller, je suis resté là. J'ai vu la vie se répandre, les enfants laissant une trace. Je sais que l'appétit reviendra si ma soif s'étanche.
- On va fermer l'amoureux.

Mes nuits sont plus longues que vos jours, j'ai appris les secondes. Il y en a une pour chaque souvenir qui crève l'obscur. Il est trop tôt, garçon, je suis encore triste. L'ivresse étonne le verbe, j'ai tant à dire. Quelqu'un t'attend que tu rejoindras. Sers m'en un autre, elle attendra.
- Ce n'est pas sérieux l'amoureux.

Amoureux, je l'étais comme on l'est au printemps. Mais l'hiver est venu s'installant pour longtemps. Il n'est d'autre saison que celle d'aimer. Depuis j'attends, souffrir prend du temps.
- J'éteins le poète. On ferme à présent.

Ma plainte étouffe mes cris, j'irai seul vers le jour. Si personne ne vient, je transfigurerai ma douleur. Je te retarde. Tu me bouscules au passage. Le bonheur n'attend pas, il est si vite remplacé. Cours, petit, va la rejoindre. Les enfants sont la griffe de nos amours passées. J'écrierai à l'encre de ma peine combien je l'ai aimée. Tu vivras pour que reste l'espoir. Ça y est, je suis dehors, tu m'as chassé.
- A demain l'amoureux. Ne perds pas ton chemin.

Il n'est plus que la route de mes souvenirs figés. Des photos en pagaille, punaisées, déchirées.

L'absence pétrifiée de silence et l'ivresse pour seule compagne.

Je déclame et j'écris des murmures de souffrance. Mes horizons sont noircis du feu de mes errances. J'ai perdu le sommeil, il dort mieux ailleurs.

L'amour m'a quitté, elle aime quelqu'un d'autre, autre part.

48

J'avais au bout des lèvres un je t'aime à crever les étoiles.

J'avais au fond des yeux une lumière à irradier le monde.

J'avais prêt à rompre un cœur plus gros que mon poing.

J'avais tant de choses que tu n'as pas vues.

Mais qui es-tu pour n'avoir rien vu ?

C'est après que j'ai craché mon amour et les étoiles ont brûlé.

C'est après que j'ai baissé les paupières et le monde s'est éteint.

C'est enfin que j'ai fermé mon poing et que j'ai sauvé mon cœur.

49

Il y a des tas de jours dans une vie qui ne servent à rien. Des tas de jours qui ne participent d'aucun mouvement, d'aucune vigueur. On peut rester là – ou ici ou ailleurs - sans bouger, sans penser, sans rien voir. Comme un arbre mort.
Encore planté, toujours debout mais dévitalisé.

Un spectre dans le paysage. Avec peut-être un parfum. Celui qu'a l'absence, le vide. Quand résonne le creux. Un parfum de fin du monde. Proche de l'éternité.

La Terre peut bien continuer de tourner comme un insecte hypnotisé par la lumière d'une ampoule, je ne grillerai pas.

Tout peut s'arrêter. Je ne bougerai pas.

Qu'une grue veuille me sortir de là, me soulever dans sa mâchoire de fer, je ne crierai pas.

Non que je sois stupide. Ni même têtu.
Mais j'aurai compris. Enfin entendu.

Ce jour-là participe de ces jours-là. Ceux où ils ne se passent rien.

*Ceux où le repos tient les rênes à l'agitation, au mouvement, à la vie.

Une pause infinitésimale. Une trêve. Un second souffle. Pour mieux continuer

Demain.

50

Un jour le monde ne m'a plus intéressé. J'ai trouvé que c'était une grande farce dans laquelle je ne voulais plus faire de contorsion.

Ça s'est fait soudainement, sans crier gare.
Un matin où je lisais le journal, j'ai perdu le sens des mots. Je n'y comprenais plus rien.

Les lettres n'étaient plus que des dessins, figures géométriques sans résonance. Je n'arrivais plus à les relier. Elles dansaient devant mes yeux, j'ai suivi leur ballet. Il m'a semblé plus réel que tout ce que j'avais vu jusqu'alors.

J'ai décidé d'y croire. J'ai arrêté de travailler, vendu mon appartement. J'ai quitté mon quartier, ma famille, mes amis. Leur monde n'était plus le mien. J'avais décroché. Je me suis mis à boire, consciencieusement. Je dormais là où l'ivresse me prenait, une gare, un hall d'immeuble, un abribus.

Je continuais de voir danser les lettres, elles ne m'apprenaient plus rien, sinon qu'elles étaient aériennes, libres et joyeuses. Je les suivais.

J'ai arrêté de parler. Je ne trouvais plus mes mots. Ma langue ne servait plus qu'à me lécher la commissure des lèvres quand je bavais.

J'errais. Au gré des lettres. D'un bar à l'autre. Je suivais le chemin, il n'indiquait rien. Je continuais de boire.

Une nuit, il m'a semblé que la terre allait éclater. Il devait être passé minuit, la ville éteignait juste ses lumières.

Au ciel, les éclairs signaient la déchirure, un bruit de grosse caisse crevait l'espace. Les éléments se déchaînaient, j'étais l'un d'eux. Petite épave au bord du chemin.

Je n'avais pas peur, je n'avais pas froid. Le temps se fissurait. L'orage dégorgeait sa salive. La bouche ouverte, je buvais la noyade. La pluie martelait ma carcasse. Etendu dans un parc, abattu par la tourmente, je voyais pourtant les lettres continuer de danser.

Il en pleuvait de partout. Pointues, rondes, droites, courbées, cassées, elles dansaient, s'arc-boutaient, virevoltaient.

J'étais un gamin, ébahi, heureux, émerveillé. Je me suis endormi.

Au matin, je me suis réveillé dans un grand lit blanc. Ils ont parlé de coma, que ma femme allait arriver, qu'il fallait cesser de boire maintenant, que c'était une alerte, qu'il fallait voir les signes.

J'aurais voulu leur dire que je les avais vus, moi les signes. Dansant sous la pluie, crevant le ciel, zébrant la nuit. J'ai renoncé dans une grimace. Ils l'ont pris pour un sourire.

Et j'ai su de nouveau que le monde était une farce.

La chimère m'y précédait.

51

Hier je suis restée couchée.
Hier n'avait pas d'avenir.

52

Mon premier est une silhouette, longiligne, presque sans consistance. Sorte de funambule, vaporeux, aérien. Friable.

Un regard fier, bleu acier, un rien moqueur. Espiègle, dirions-nous. Comme une audace dans le clignement des paupières qui suggère et prédit, mais sans arrogance :" Ne vous y fiez pas. Oui je ploie mais jamais ne tombe. Et au fond, qu'importe ! ».

Puis, comme s'il était utile de le préciser, en ajout, est tatouée une finalité, noire sur peau, maxime sans équivoque « *Alea jacta est* » sur son avant-bras, le droit, en prolongement d'un poing, le plus souvent serré.

En toute saison, une chemise retroussée jusqu'aux coudes et ces douze lettres noires, insolentes, parfois indolentes ou crispées, selon l'humeur, le jour, le défi qui suivra.

Quoi qu'il en soit, toujours exposées au regard des autres comme une ultime provocation. Une certaine façon de voir les choses, de les dire, de les assumer, d'en prévenir les conséquences, d'en justifier les débordements.

Trois mots pour une vie.

Une maxime volée au grand Jules César, reprise à son compte qui vaut toutes les explications. Qui nomme son destin tel qu'il est. Etait. Sera. Toujours. Sans fioritures.

L'homme en a conscience. De toute sa hauteur dégingandée, il sait. Combien la vie est un jeu, combien tous ils se trompent. Loin de toutes ces simagrées qui font bomber le torse à certains et pérorer d'autres, en faisant croire à ce qu'ils sont qu'ils ne seront jamais, il sait.

De quelque manière qu'on s'y prenne, la mort gagnera.

Alors, oui, autant jeter les dés et advienne que pourra.

Mon second est une femme. Rousse, échevelée, svelte, aux yeux verts. Avec autant de taches de rousseur qu'il existe d'étoiles dans le ciel.

Enfin c'est souvent ainsi que l'homme y pense, le clame ou le murmure.

Une voie lactée de petits poings comme de minuscules grains de café, bruns, noisette ou bistre, qui, il en est certain, nomme précisément chaque astre, en retrace la course. Aux origines du monde. Un chemin quasi divin pour dire l'essentiel et ne plus avoir jamais à en débattre.

Un sourire à faire des ricochets sur tous les visages rencontrés. Des plus ternes au plus gais. Parce qu'irrésistible. Entier. Généreux.

Des mains de pianiste, enjôleuses, caressantes, hypnotiques.

C'est encore l'homme qui en parle le mieux. Le plus. Avec emphase. Subjugué depuis déjà une année bien tassée. Et deux mois et trois jours et quatre heures et cinq minutes à l'heure d'en faire le bilan. D'en feindre le décompte. A tenter d'en dénouer la pelote.

La femme, elle, ne dit rien. Elle sourit. Nietzsche en mémoire.

« L'homme véritable veut deux choses : le danger et le jeu. C'est pourquoi il veut la femme, le jouet le plus dangereux ».

Comme le tatouage de l'homme, elle se donne bonne conscience. Une citation pour une maxime et le tour est joué.

Un point partout, la balle au centre.

Mon troisième est la rencontre fortuite entre ces deux-là.

Dont personne ne sait si c'est un coup de Dieu ou du Malin, du hasard ou du destin, d'un pari fou pris par quelques diablotins un jour d'ennui.

Un clash, une collision, en plein carrefour, dans un petit village du Val d'Oise. A ce point précis d'une trajectoire qui n'aurait pas dû advenir.

Six heures sept du matin, pas un chat, pas un bruit, pas même un coup de vent ou un chien qui aboie. Eux seuls, chacun au volant de sa voiture, à se barrer le passage, elle venant de la droite, lui ne la voyant pas.

Toute latitude d'aller et venir sans se croiser et puis non, l'accident, l'incident, le choc, l'arrêt, les portes qui claquent et...

Patatras.

Un arrêt sur images.

La rencontre.

Le rendez-vous.

A croire que c'était écrit. Obligé. Prévu.

Indispensable.

Un seul regard et l'engrenage.

Même si tout les sépare.

Mon quatrième est un pan de l'univers entier à la dérive de ces deux-là. Deux continents, des antipodes. Un vaste champ de différences. Aucune similitude.

Lui le funambule, doux rêveur, en perpétuel équilibre sur le fil de sa vie. Joueur, inconstant, des projets plein la tête, laquelle se perd le plus souvent dans les étoiles. Libre, égoïste, entièrement voué et dévoué à son bon plaisir.

Elle la sérieuse, volontaire, ambitieuse, les deux pieds sur terre, impliquée dans tous les rôles de sa vie. Bonne fille, bonne copine, bonne collègue, bonne voisine. Assidue, généreuse. Altruiste.

Deux vastes mondes dans un seul regard, une seule nuit, à un carrefour et tout est à réinventer.

L'alliance improbable pendant plus d'un an, deux mois, trois jours, quatre heures et cinq minutes.

Quasi impossible et pourtant réalisée.

Forcément volcanique, néanmoins maitrisée.

Absolument transcendante.

Fatalement exponentielle.

D'où mon cinquième.

Moi !

Il fallait bien que ça arrive.

Petite graine plantée au fil du temps, de leur mixtion, qui pousse à leur insu, qui charade l'histoire, en fait déjà un conte, une légende. A leur image.

Témoin captif de leur amour comme un trait d'union, une fusion maladroite, pas totalement finie entre le dégingandé et la flamboyante. En pleine gestation.

À les regarder s'aimer, se désaimer, se re aimer, se re désaimer. Depuis un an, deux mois, trois jours, quatre heures et cinq minutes.

1, 2, 3, 4, 5…

Ou

5, 4, 3, 2, 1… partez !

L'homme pourrait continuer de vouloir jouer. A cet instant, dans le cabinet médical, il n'en croit pas ses oreilles. Le temps est suspendu.

Il compte.

Un an, deux mois, trois jours, quatre heures et cinq minutes… pour engendrer un enfant.

Il refait le chemin à l'envers. Se souvient. De tout.

5, 4, 3, 2, 1… zéro, ce regard, qui a tout déclenché.

La boucle est bouclée.

Zéro, comme un rond plein, un œuf, une vie.

Il est censé ne pas sourire, ne plus vouloir jouer, ne pas s'enfuir, descendre de son fil suspendu dans les airs et redescendre sur terre.

La femme, elle, badine, Nietzsche en mémoire. Le poids du corps pas encore lesté, elle est là qui s'émerveille.

Un bébé !

Et voilà que mon Tout arrive - fallait-il le préciser ? - de la bouche du gynécologue, l'annonce triomphale.

Bravo à vous deux. Vous allez devenir une famille. Une grande famille.

Ni plus ni moins que des milliards d'autres qui font le pari de s'aimer, un jour ou une nuit, au delà de toute logique, contre toute attente, parce c'est ainsi que va l'amour, dans le cœur des gens, sans raison.

Juste par envie, pour un regard.

Rébus universel avec autant de solutions qu'il existe d'humains.

Ou d'enfants à naitre.

Voyez ça ! Rien de moins qu'un doublé gagnant.

Jumeaux de l'amour planqués dans un seul œuf.

Surprise du chef, s'il en est, dans un ultime pied de nez.

Et oui, madame, c'est ainsi qu'il peut survenir, à parier sa destinée sur de grandes sentences, que la vie, grande farceuse, double la mise et proclame joyeusement, n'est-ce pas Monsieur :

Les jeux sont faits !
Rien ne va plus !

Tout donner en une phrase, phrase remplie de mots, des mots pour en faire un récit, récit qui devient livre, livre pour voyager, voyager pour rêver, rêver de partir, partir en avion, avion dans le ciel, ciel à toutes les saisons, saisons belles et tendres, tendres comme du bon pain, pain qui s'offre en partage, en partage de tendresse, tendresse face à la violence, violence pour de l'argent, l'argent qui a pris l'homme, l'homme qui passe à la télé, la télé qui crève l'écran, l'écran qui se farcit de sexe, sexe qui tue l'amour, l'amour qui peut sauver le monde, monde aux multiples visages, visage qui redonne de l'espoir, espoir qui décuple les forces, forces qui font grandir l'enfant, l'enfant qui se prend pour l'univers, l'univers qui appartient à Dieu, Dieu qui n'appartient à personne, personne qui peut être tout le monde, tout le monde que je nommerai toi, toi qui voudrais tant aimer, aimer comme on aime de passion, passion qui se fout des interdits, interdits qui privent de vivre, vivre comme on devrait le faire, le faire qui passe avant l'être, être quelqu'un de bien, bien et bon avant tout, avant tout mais pas avant l'autre, l'autre qui finit dans la rue, rue que piétine la foule, la foule qui se saoule de bruit, le bruit qui empêche d'entendre, entendre pour ne pas avoir à hurler, hurler pour ne pas avoir à pleurer, pleurer pour ne pas avoir à cogner, cogner d'avoir été trahi, trahi quand on avait confiance, confiance d'imaginer être deux, être deux à vouloir toujours mieux, toujours mieux qui se transforme en pire, pire qui peut durer des mois, mois qui font les années, les années qui finissent vieillard, vieillard qui attend de mourir, mourir de n'avoir plus envie, envie qui naît pourtant d'un rien, un rien que l'on trouve partout, partout qui se heurte aux frontières, frontières qui protègent de l'ailleurs, l'ailleurs qui se meurt de misère, misère qui effrite les cœurs, cœurs fatigués de battre sans raison, la raison qui serait d'aimer son prochain, son prochain qui n'est jamais bien loin, bien loin qui n'est quand même pas tout près, tout près jusqu'à être tout contre, contre la couleur de sa peau, peau et sang de ton indifférence, indifférence de te croire supérieur, supérieur à te croire meilleur, meilleur à devenir arrogant, arrogant comme bien des présidents, présidents qui gouvernent nos vies, nos vies sans cesse mises à prix, prix sur des grilles chiffrées, chiffrées depuis longtemps à la baisse, à la baisse de ce qu'on peut espérer, espérer devenir au moins un humain, humain comme l'est ton prochain, prochain chapitre à écrire, écrire pour réveiller la flamme, flamme qui consume la vie, vie réduite à un monde civilisé, civilisé autant que matérialisé, matérialisé et plus humanisé, humanisé qui n'est pas humanité, humanité qui a perdu ses repères, ses repères qui sont aussi ses racines, ses racines noyées dans les larmes, larmes qui se refusent à voir, voir que tout peut changer, changer dans le sens évoluer, évoluer à travers tes erreurs, erreurs que tu nommes expériences, expériences dont tu fais un Cv, Cv qui résume ta vie, ta vie en quelques mots bien tapés, tapés si possible dans le mille, le mille que tu songes à gagner, gagner pour rectifier le défi, défi d'être né un matin, un matin sous les yeux de ta mère, ta mère qui t'offre un destin, destin qui est aussi un chemin, chemin aux multiples carrefours, carrefours à la porte des choix, choix de croire au présent, présent qui est aussi cadeau, cadeau de croire en ses rêves, rêves qui peuvent être chimères, chimères qui butent sur la réalité, réalité qui ramène au souci, souci que tu as d'essayer, essayer ce n'est jamais que recommencer, recommencer pour mieux renaître, renaître pour crier à nouveau, à nouveau pour cette fois-ci te faire entendre, te faire entendre et aussi te faire comprendre, te faire comprendre pour espérer te faire aimer, te faire aimer pour te donner une place, place dont tu pourras partir, partir c'est aller et revenir, revenir et prendre le temps, le temps de raconter une histoire, histoire dont tu es le héros, héros qui apporte la paix, la paix qui est surtout une utopie, utopie qu'ont tous les hommes conscients, conscients d'être avant tout responsables, responsables qui n'est pas coupables, coupables d'avoir tout oublié, oublié parce qu'ils étaient distraits, distraits quand ils allument la télé, la télé comme dans un miroir, miroir où se faire pardonner, pardonner c'est-à-dire parler, parler c'est-à-dire dialoguer, dialoguer ou encore communiquer, communiquer pour enfin communier, communier qui est aussi prier, prier pour rallumer la flamme, flamme du cœur et de l'espoir, espoir de devenir meilleur, meilleur sur cette grande piste de danse, danse du monde et des ombres, ombres de nos fatales erreurs, erreurs qui forcent à grandir, grandir et donc devenir Homme, homme qui respecte les hommes, hommes qui respectent les femmes, femmes qui accouchent des enfants, enfants qui accompagnent le vieillard, vieillard qui n'a plus peur de mourir, mourir jusqu'à en rire, rire pour se moquer de nous, nous qui avons la grosse tête, tête posée sur les épaules, les épaules du monde, monde des hommes et des bêtes, bête d'oublier ce grand voyage, voyage sur le dos des mots, mots au milieu de l'histoire, histoire qui te voit courageux, courageux d'être encore avec moi, moi qui suis aussi une part de toi, toi dont j'entends le cœur battre, battre dans le sens applaudir, applaudir dans le sens approuver, approuver qui justifie exister, exister pour pouvoir tout donner, tout donner pour ne rien posséder, posséder qui contraint à garder, garder qui est aussi protéger, protéger qui s'entoure d'alarmes, alarmes qui chassent les intrus, intrus qui n'est autre que ton voisin, voisin qui n'est autre qu'un humain, humain qui n'est autre que toi, toi à qui je dédie l'histoire, histoire où je te fais vaillant, vaillant comme peut être le fou, fou qui n'a pas de limites, limites qui sont toujours trop près, trop près pour étendre le bras, le bras pour ouvrir la main, la main à une autre différente, différente de celle que tu tiens, tiens (!) en voilà du bonheur, bonheur d'avoir pu écrire cela, cela qui commence en un mot, mot qui s'aligne en histoire, histoire dont tu es le héros, héros comme l'est tout vagabond, vagabond qui poursuit son chemin, chemin qui peut être sans fin, sans fin jusqu'à devenir libre, libre d'écrire la suite…

En t'attendant

A reçu la bourse découverte du CNL en 2004

> *Les raisonnables ont duré,*
> *Les passionnés ont vécu.*
> Nicolas de Chamfort.

12 décembre 2003.

Tout a commencé ainsi.

Tu es entrée dans la pièce où je me trouvais déjà, à griffonner des notes, j'ai levé les yeux et quelque chose en moi s'est déchiré. Un voile que je découvrais comme collé aux parois de mon cœur, à l'intérieur d'une émotion et que je ne déchiffrais pas encore. Une magie ou un envoûtement ? J'ai repris mon souffle, et j'ai souri. J'ai tout de suite eu, comme on dit, un faible pour toi. Un faible plutôt fort d'ailleurs. Mais dit-on jamais cela ? J'ai un fort pour toi. Non, bien sûr que non, ce serait par trop orgueilleux et péremptoire. D'ailleurs, je n'ai rien dit. Pourtant j'ai commencé à t'aimer, très vite, sans réfléchir. Et c'est bien plus tard que j'ai commencé à écrire tout ça. Quand tout est devenu plus compliqué, moins spontané, et qu'il a fallu, pour que tu me reconnaisses, que je finisse de déchirer le voile. Je ne savais pas alors que j'allais renaître, en t'attendant.

Cette nuit, j'ai rêvé de toi. Tu souriais. Je n'ai pas reconnu le pays où tu étais. Les contours étaient flous. Mais toi, tu souriais. J'aurais voulu que ce soit à moi, mais ton regard m'a dépassée. Quand je me suis retournée, il n'y avait personne. Peut-être ne l'avais-je pas vue ? Peut-être était-elle partie ? Alors, de nouveau, j'ai essayé d'attraper ton sourire. Il a glissé sur ma peau, tristement, puis ton visage s'est effacé. Je t'ai regardé disparaître. Je me suis effondrée. Quand je me suis réveillée, je pleurais. De petites larmes acides brûlaient mes joues. J'ai cherché un sens à ce rêve. Je l'ai baptisé *Cauchemar*. Je n'ai pas voulu qu'il signifie un message. Alors j'ai pensé que j'avais rêvé et j'ai décidé de t'écrire, en t'attendant.

Je t'écris pour tenir et ne pas succomber à la folie de l'attente. Pour t'avouer et m'avouer aussi et enfin, que le jeu que nous jouons n'en est plus un. *Jeu de mains, jeu de vilains* disait-on dans mon enfance. Celui-ci n'a pas eu besoin d'y mettre les doigts pour subir sa diablerie mutine. Tu vas me manquer, terriblement. Je le sais parce que tu me manques déjà. Il est trop tôt pour cette absence. Elle exacerbe mes sentiments, m'impatiente. Je vais devoir attendre, et je ne sais pas le faire. Tout un mois, c'est plus que je ne saurais le supporter. C'est à peine si on s'est rencontrées. Quelques heures à la table d'un restaurant, une série de messages électroniques, un timide coup de fil, trop peu, vraiment ! Je n'ai même pas eu le temps de te regarder. Mes yeux n'ont pas osé t'apprivoiser, j'aurais déjà pu vouloir t'embrasser. Peut-être qu'alors tout ceci ne serait pas arrivé. Enfin, c'est ce que je m'imagine, en t'attendant.

Ta tête est un fouillis. J'y ai mis mes phrases, mes interrogations, et je me suis vidée en toi, car j'étais trop pleine de nous. Je t'aime sans m'être posé la question, comme une évidence. À quoi sommes-nous destinées ? Pour combien de temps ? Sous quel horizon ? Dans quelle sagesse ? Selon quelles croyances ? Avec quelle sincérité ? Celle qui sait que rien ne se maîtrise, que la vie se joue du vouloir, qu'on ne peut tout prétendre, tout prévoir, tout avoir. Il se passera cet essentiel qui dépasse. Tu es sur ma route, le chemin est à faire, je ne doute pas que tu l'aies compris, mais j'ai peur que tu t'y refuses. Crois-tu que les choses s'imposent d'elles-mêmes ? Laisseras-tu libre cours à une volonté que tu ne maîtrises pas, qui impose de vivre une histoire sans avis préalable ? L'attente est une éternité qui supplie la fin de venir la délivrer. Je sais que je ne tiendrai pas longtemps. J'ai envie de te rejoindre. Envie de partage. Je veux t'emporter, aller là où rien n'a été vécu, où tout reste à faire, à découvrir, à créer. Je vais devoir te dire que je t'aime, sans pouvoir te l'expliquer. Quelle que soit l'étreinte qui doit nous réunir, il est évident qu'il faut qu'elle vienne. J'ai tout oublié de nos conversations, les mots, les sous-entendus, la provocation. Avec le temps qui passe, j'ai même oublié si je n'ai pas rêvé. Je ne pense jamais à toi en disant « Elle est belle, j'aime ses yeux, sa voix ou sa bouche ». Je ne te désarticule pas en préférence, tu es venue, tu t'es plantée devant moi et depuis je n'ai rien compris. Je ne vais pas jouer longtemps à faire semblant, et je vais tout oser, en t'attendant.

Dans une histoire d'amour, les débuts sont délicats. Un rien les fragilise. Ils savent qu'ils sont débuts. Le manque les paralyse, la durée les éprouve, le retard les inquiète. Ils ont peur et se mettent facilement sens dessus dessous. Car les débuts ne supportent pas les remises à plus tard, les décalages horaires, les impératifs sociaux. Ils comptent les jours, retiennent les heures, se souviennent des secondes. Les débuts sont exigeants, possessifs, absolus. Ils veulent tout connaître, tout savoir, tout entendre de l'autre. Ils parlent des heures au café, inventent un langage qui efface l'ancien, puis se repaissent de silences. Les débuts se regardent longuement. Leurs yeux sourient, leurs bouches frémissent, leurs mains se frôlent. Les débuts sont éblouis. Ils vont à tâtons. Un café avant un restaurant, une promenade avant un week-end, une rose, mais pas encore le bouquet. Ils jettent la confusion dans la tête, le chaos dans le cœur, le trouble dans le corps. Ils rient de tout, se moquent d'un rien, ont des cadeaux plein les bras, du désir plein la bouche, de l'émotion plein les yeux, des ailes plein le dos. Les débuts sont légers, aériens. Le monde devient trop petit, les heures si courtes face à la seconde qui les a réunis et qui, elle, est éternelle. Les débuts sont pleins d'audace, pleins d'envies. Ils ont du génie. Ils savent ce que l'autre va dire, ce qu'il pense et même pourquoi il le pense. Les débuts justifient tous les avants. Le temps perdu, les échecs, l'enfance malheureuse, l'adolescence révoltée. Ils comprennent qu'il ait fallu en arriver là. Ils écrivent l'histoire sur des hasards qui ne le sont plus et qui donnent enfin un sens à tout ça. Les débuts font l'amour des heures, dorment enlacés. Ils ont la peau douce, l'œil pétillant, la bouche avide, la main experte, le plaisir simultané. Ils ouvrent les vannes d'une folie qui n'a de cesse de s'inventer. Ils sont exceptionnels, sacrés, magiques, merveilleux. Ils ont la beauté du détail, ne voient qu'eux, en font une étrangeté absolument charmante. Les débuts sont touchants de naïveté, désarmants de sincérité. Chaque mot est un sacrement, chaque aveu une marque de confiance. Mais les débuts sont inquiets. Ils hésitent à téléphoner trop souvent. Ils ne veulent pas envahir, mais être là, juste au moment pertinent, celui que l'autre aurait choisi. Les débuts sont superstitieux. Un oiseau qui oublie de chanter et le présage s'invente aussitôt. Soit l'autre ne nous aime plus, soit il a eu un accident. Un terrible accident. Le plus terrible des accidents. Les débuts récusent les fins. Ils ne parlent qu'au présent, sont instants, immédiateté. Ils savent lire entre les lignes, interpréter les signes, ont de l'intuition, parlent avec leurs sens. Ils ont rejoint les énergies du cosmos, se sentent reliés à leur moi profond enfin incarné dans ce grand destin à accomplir. Les débuts sont spirituels et les débuts s'en émeuvent. L'autre est un cadeau, le plus beau des cadeaux. Comment être à la hauteur ? Comment lui dire « Je t'aime » sans refaire ce qui a déjà été fait, sans dire ce qui cent fois a déjà été prononcé ? Les débuts sont poètes. Ils vont lentement au clair de lune, comptent les étoiles, redessinent les nuages, respirent la campagne. Les débuts sont curieux. Ils voyagent, vont au théâtre, au cinéma, aux expos, aux concerts. Ils s'approprient une chanson, recomposent le refrain. Les débuts ont tous les talents. Ils ont une énergie débordante, positive. Reliés au soleil même en plein hiver, ils rayonnent à des kilomètres à la ronde. Ils s'acoquinent de tous les noms, se bercent de toutes les déclarations. Les débuts ont les yeux lumineux. D'un bleu vraiment très tendre, d'un noir terriblement intense, d'un marron joliment noisette, d'un vert profondément océan. Les débuts sont exubérants, généreux, fougueux, exaltés, dévorants. Les débuts vont vite. Ils ont raison, ne doutent plus, ont la foi, ils sont ivres. De cette ivresse qui rend volubile tout en restant intéressant, mais aussi léger tout en étant spirituel, rieur sans être grossier. De cette ivresse qui trouble le regard sans le rendre vitreux. Les débuts sont binaires. Ils s'invitent partout chez les autres, mais ne tolèrent personne à leur table. Ils sont pleins d'anniversaires. Le premier jour, le premier aveu, le premier baiser, le premier je t'aime, la première nuit, la première semaine, le premier mois et si c'est un bon début, la première année. Ils prennent des risques, osent vaincre la peur, l'insolente phobie qui jusque-là les avait tenus éloignés d'un plaisir jugé trop dangereux. Les débuts veulent éblouir. Ils collectionnent les petits mots, se rappellent les dates et n'oublient rien du nombre de sucres dans une préférence thé ou café. Les débuts sont colorés. Le rouge passion, le bleu nuit, le jaune poussin, le rose bonbon, l'orange coucher de soleil, le blanc angélique, le doré des matins-réveils, le marron du tronc d'arbre sur lequel ils ont gravé leurs initiales. Les débuts n'ont plus peur du ridicule. Ils ont de l'humour, sont patients, tolérants, indulgents. Les feux rouges, les embouteillages, les queues aux caisses rapprochent leurs bouches, accroissent leur désir. Les débuts sont des héros. Ils guérissent de tout, sont courageux, protecteurs. L'autre est une valeur sacrée. Attention, danger ! Les débuts sont ambitieux. Ils ont mille projets, mille possibles et plus aucun interdit. Ils ont l'aura des divinités, puissante, éternelle, évidente. C'est parce que les débuts aiment. Ils aiment pour la première fois, la seule, l'enfin, l'unique, celle qu'ils attendaient, qu'ils n'espéraient plus. Ils aiment à la folie, dans l'urgence, le besoin, dans la certitude. Ils aiment à en mourir et c'est pourquoi les débuts sont heureux. La jouissance est une petite mort nous dit-on, et les débuts jouissent ardemment, passionnément, souvent. Les débuts portent un nom : à jamais ; pour toujours ; le tien. L'entends-tu ? Y viendras-tu ? Les débuts t'attendent.

En t'attendant, gérondif de *attendre*. *Attendre*, qui est de rester en place pour la venue de quelqu'un. Quelqu'un qui ne peut être que toi. *En t'attendant*, qui présuppose que soit subordonnée une autre action. Comme de parler en marchant, de rêver en dormant. Alors moi, en t'attendant, je t'écris. Pour me souvenir de ne pas t'oublier. Ma mémoire est ainsi faite qu'elle ne retient rien. Instinct primaire de survie qui ne sait plus revenir en arrière. Où ai-je lu que *ce dont on ne se souvient pas révèle – en fait – ce qu'on ne peut oublier* ? Quelle angoisse et quelle peine aussi. Tout ce temps sans te voir et déjà ton visage s'efface. Cela fait des jours que je n'ai pas de nouvelles, des jours que tu vogues vers d'autres horizons sans même me donner un signe. Tu réponds à d'autres priorités : l'idée m'est insupportable. Ainsi tu vis sans moi, tu ris sans moi, et peut-être tu jouis sans moi. Je ne te manque pas ? J'aurais envie de parler de toi, mais que pourrais-je dire ? Que tu m'obsèdes, que tu me hantes, que je fabule. Tu ne m'as rien promis. On a juste déjeuné ensemble, je t'ai offert tous mes sourires, j'ai embrassé ta joue, puis tu es partie. Et moi, bêtement j'ai commencé de t'attendre. C'est fou, insensé, irréel. Qu'on fasse venir un exorciste, qu'on purge mon âme, qu'on coupe le lien ! Un lien tenu d'un côté n'est plus un lien, c'est un leurre. Je suis pathétique, totalement idiote. Qui peut comprendre que j'attende quelqu'un qui ne m'a jamais promis de revenir, qui ne m'a même pas quittée, puisqu'on s'est à peine rencontrées. Comment en suis-je arrivée là ? Qu'ai-je pu comprendre de tes sourires et comment ai-je pu voir autre chose que ce qu'ils me disaient, c'est-à-dire rien ? Quand ai-je senti que je pouvais espérer ? Te rappelles-tu seulement de moi ?

Je crains le pire, en t'attendant.

Je ne sais pas comment faire pour me taire, ne pas crier, garder en moi tout ce qui déborde, être patiente, t'aimer en silence. Je ne sais pas comment faire et surtout je ne crois pas en avoir envie. L'amour doit exulter, se clamer, s'épanouir. Ma nature est ainsi faite. Impétueuse, entière, exigeante, je ne peux me contraindre. Tu as le droit de ne pas entendre ou de ne pas vouloir y répondre, que ce soit trop tôt, trop vite, trop fou. Tu as le droit du non et même d'arrêter la relation. Mais ne me demande pas d'aller doucement. Doucement n'est pas assez. Ce que je ressens ne peut s'en contenter. Ce que je ressens a envie de vivre. J'irai doucement quand je serai vieille, quand l'amour sera mort, qu'il ne me restera que ça pour partir. J'irai doucement quand nous n'aurons plus besoin d'aller, tout simplement. Là maintenant, je bous d'impatience. Je veux jouir. *Jouir* dans le sens *profiter* de ce que j'ai peur de ne plus ressentir : l'ivresse euphorique de la passion. Même si elle ne dure qu'un temps, celui d'engranger encore une fois une nouvelle souffrance. Mais je n'exige rien de toi. Tu n'as pas besoin de me séduire, je suis déjà séduite, tu n'as pas à m'éblouir, je suis déjà éblouie, tu n'as pas besoin de m'apprivoiser, je suis déjà à toi. Je n'exige rien, mais je veux tout. En t'attendant.

Ce matin, je me suis réveillée, le goût de toi dans la bouche. Je tenais, serré contre moi, l'oreiller cambré sur mon désir. Je n'ai pas ouvert les yeux. J'ai souri et je me suis repassé le film. Un frisson m'a traversée. C'était l'effet de ta main sur ma hanche, caressante, possessive. Ta bouche m'a parcourue lentement, sûrement, de bas en haut, m'aspirant, me léchant, baisant ma nudité offerte au vent. Mon corps se pressait au tien, avide, haletant, frénétique. Nous avons roulé sur l'herbe. Tu riais. Je me suis réveillée. J'ai plusieurs fois essayé de me rendormir, car je n'ai que ce film à vivre, en t'attendant.

Je vais vouloir t'aimer, tu vas refuser, je vais en crever. Je vais vouloir te parler, tu vas m'en vouloir, je vais te perdre. Je vais vouloir te quitter, tu vas réagir et je vais m'en aller. À l'inverse, toujours, de ce que tu attends…

Un matin dans le métro, ligne 6, sous le regard bringuebalant des cités parisiennes. Mon regard humide se perd dans les tours infernales, ces multiples m'effraient. Il y a des gens que la promiscuité rassure, moi, elle m'encombre. La seule chose qui me plait dans les immeubles c'est d'imaginer ce bouillon de vie, ces millions d'histoires que je n'écrirai jamais, mais que d'autres vivront Ils n'ont rien à m'envier, moi aussi je souffre, en t'attendant. Tu as le droit de m'en vouloir, mais pas de me trahir. Car moi je t'aime, en attendant.

Ce matin, sur ma boîte, enfin un mail de toi, un de plus. Eh oui, je les garde ! Quel aveu ! Heureusement que les écrits restent, pour être lus et relus. Quelques mots pour tous ces jours à tenir. Je m'y accroche, je les apprends et quand j'en ai besoin, je me les récite. Le dernier m'a émue, me fait espérer. Tu as aimé me lire, eu envie de me relire et même de me téléphoner. Pourquoi ne pas l'avoir fait ? Ce qui est fait n'est plus à faire et si demain, l'une de nous meurt, on regretta de ne pas s'être entendues quand le désir était présent. La vie n'attend pas les signes du plaisir, la vie s'en nourrit. S'en priver c'est mourir toujours un peu et moi je veux vivre, vivre... Vraiment vivre. Je veux vivre pour être là à ton retour, t'accueillir, t'apprendre cette absence dont tu ne mesures pas à quel point elle m'est pénible. Je veux connaître le temps où nos regards se rejoindront, sentir mon cœur battre prêt à exploser, et entendre résonner le tien dès le premier mot. Je veux courir et être en avance pour avoir à t'attendre une dernière fois encore. Je veux croire que mon impatience aura enfin rejoint la tienne. Je veux espérer que ton plaisir sera évident, qu'il nous faudra des heures pour tout se raconter, que tu ne voudras pas partir ou alors pour revenir, plus vite et dans moins longtemps. Je veux vivre pour sentir que tes yeux me caressent, qu'ils s'accrochent à mon regard, qu'ils me fouillent et m'exhortent aux mêmes frissons. Je veux te voir cacher ton visage dans tes mains, troublée, émue, rougissante. Je veux sentir ce bouleversement étrange, délicieux nous envahir au premier aveu de faiblesse. Au moment où nos bouches se seront tues et où le silence racontera ce que l'émotion fait à notre peau. Cette sorte de paralysie enivrante qui inonde et parcourt jusqu'au moindre repli de l'âme.

Je veux savourer ce désir qui monte et se dérobe, qui n'ose encore quémander qu'on étanche sa soif, qui gémit d'être entendu, ressenti, secouru. Je veux vivre pour avoir mal de te quitter, en profiter pour te voler un baiser qui scellera nos retrouvailles, découvrir que tu en abuserais bien encore, ne pas résister à l'envie de te contenter, te retenir blottie contre moi pour m'apercevoir que tu ne veux plus partir. Je veux que le temps, le monde, le bruit et les saisons s'arrêtent. Je veux nous offrir ce défi, cet absolu, ce lieu privilégié de l'instant qui absout toutes les souffrances et fait croire en l'amour éternel. Je veux vivre en t'attendant.

L'autre jour, j'attendais une amie à la gare et je me suis imaginé que c'était toi. Évidemment toi. Toujours toi. J'imaginais que grâce à un copain, ingénieux et surdoué, j'avais piraté les panneaux d'informations générales pour inscrire, en lettres blanches sur fond noir, mon message à moi, pour toi : « *Ton voyage est fini. Ici, commence enfin ta vie. Rejoins-moi. Je t'aime* ». Tu aurais compris, d'un coup, que tes ailleurs n'étaient qu'une fuite, que maintenant tu savais pourquoi tu revenais, qu'il était temps que tu arrives. Tu aurais couru comme dans les films, mais pas au ralenti, plus vite, sous une pluie de pétales de roses, qu'un autre copain à moi disperserait depuis le début du quai. Les gens s'écarteraient à ton passage, mes bras s'ouvriraient et se refermeraient sur toi, à jamais. Tu trouverais ça terriblement kitch, sentimental, *gnian-gnian* et en même temps tu avouerais sans plus de fausse pudeur, qu'être la reine du bal c'est un rêve d'enfant qui ne nous quitte jamais vraiment et que, même si on s'en défend, on mouille ses yeux à le voir enfin se réaliser. Voilà ce que j'aurais fait si je t'avais attendue, ce jour-là, dans cette gare. Voilà certainement ce que je ne ferai jamais, car je ne viendrai pas te chercher à ton retour. Une autre que moi sera là. Et sa seule présence suffira à te combler. Alors moi, mon idée, c'est de t'écrire tout un roman. Un roman rien que pour toi, à ta gloire, à notre amour, en t'attendant.

Ce soir, je suis en colère. Pure provocation ou piège qui s'est refermé sur toi ? Pour nous démêler, j'aurai le courage qui te manque. Parce que j'ai passé l'âge des jeux du « juste pour voir ». Moi si je joue, je veux gagner. Retourne dans ta cour attendre sagement à la grille qu'on vienne te chercher. Dans le hall des grands, tu risquerais de te faire malmener. Ici, les adultes séducteurs n'ont que faire des enfants joueurs. Si tu n'as rien à m'offrir qui soit amour, alors reprends tes billes. Je n'échangerai pas mes agates contre tes calots. Je ne me contenterai pas d'une part de gâteau quand j'aurais pu l'avoir en entier. Je ne vis pas de demi-mesure, moi. De plus, je ne crois pas à la vertu de la patience. Je crois au contraire que c'est un cache-misère un peu lâche qui a peur de s'aventurer. Je ne veux pas marcher à l'aveuglette, car cela comporte un vrai risque. Si encore on était deux à le partager, alors je l'accepterais, mais je suis seule à le prendre et c'est un peu dégueulasse, tu ne crois pas ? Mais tu veux être libre, et pour toi ces mots énoncent des exigences. Je rectifie : c'est ce que je ressens, ce que j'ai le droit d'éprouver et j'exprime, là, l'envie d'être respectée à mon tour. Évidemment je suis plus enflammée que toi, plus vive, plus impatiente, mais c'est aussi pour ça qu'on m'aime. Tu as vu, j'ai dit « on », les autres ! Pas toi, bien sûr ! Je n'ai pas peur de ce que je ressens, je n'ai plus envie d'y échapper. Comment crois-tu que je vive, en t'attendant ?

C'est Noël, les gens courent après les cadeaux. Leurs bras débordent de paquets, les miens sont vides pour toi, mais mon âme est chargée de pensées. Les entends-tu ? Je n'imagine même pas ce que j'aurais pu t'offrir d'autre que ces kilomètres de pensées qui se frayent un chemin jusqu'à toi. Ces kilomètres que mon imagination donne en pâture aux démons les plus fous, parcourt sans faiblir et sans autre espoir que tes sourires, comme la dernière fois que je t'ai vue. Ces kilomètres d'envies, en t'attendant.

T'ai-je déjà parlé de mon petit bout ? Quelques centimètres de bonheur, des kilogrammes de sourires, une formidable envie de vivre et bien du mal à y arriver. Petit bonhomme, isolé dans sa bulle, que j'accompagne en guérison. Je t'écris alors que je viens de le voir. Il m'a passé autour du cou un collier de sourires à demeurer béate. Il y a deux jours, il vomissait son sang et aujourd'hui il m'accueille l'œil pétillant, heureux. Petit homme, un peu de cet enfant qui est en moi, mon miroir. Ensemble, nous nous réconcilions avec la vie. Je connais sa souffrance, je lui parle, elle ne m'est pas inconnue, il m'entend, j'en suis sûre. Je lui explique ce qu'il fait là, qui je suis, comment, tous ensemble on va l'aider à sortir de cet horizon bouché. Je viens avec ma compagnie du bout des doigts, petites marionnettes que j'enfile à la main droite et qui est notre signe de ralliement. Quand il m'a reconnue et après les impératifs d'usage – se laver les mains, mettre des gants –, j'enfile mes bras dans des manchons et je le rejoins dans sa bulle. Je l'assois, puis le porte jusqu'à mon front et ainsi le sien collé au mien, nous communiquons à travers la fine pellicule de plastique. Je lui transmets ce que je sais. Et il rit. Être ainsi levé, porté à hauteur de visage quand le plus souvent il est couché, lui permet de voir autrement. Il plante ses grands yeux dans les miens et se tire la bouche jusqu'en haut des oreilles. Petit bonhomme se fatigue peu de temps après. Je reste jusqu'à ce qu'il s'endorme et je le remercie de ce temps merveilleux qu'il vient de m'offrir. Et je repars, et je reviens. Et lui aussi m'attend. Et moi aussi je l'attends. J'attends le moment où il fera éclater sa bulle, libéré, guéri. J'attends de le prendre dans mes bras, de le toucher, en vrai, en chair, de poser mes lèvres sur son front, sentir l'odeur de sa peau, le souffle de sa respiration. J'attends de me réchauffer à sa chaleur, de l'accueillir contre moi, de lui murmurer sans plus de barrière ce grand cadeau qu'il vient de se faire, s'autoriser à exister alors, il reprendra sa place au sein de sa famille et notre voyage sera terminé. Il gardera en lui qu'il a pu surmonter les pires épreuves. Il gardera, j'espère, cette part de moi que je lui ai laissée, cette part de lui qui s'est mêlée à la mienne. Alors, tu vois, lui aussi, je l'attends. La vie a des instants comme ça. Des instants où l'on attend. Que le temps fasse les choses, que les choses prennent leur place, que la place trouve à se poser. On attend puisqu'il n'y a rien d'autre à faire. Je ne peux revenir pour toi, je ne peux guérir « mon » petit malgré lui, mais je peux être là, tout près, et attendre, en vous aimant. Je continue de rire et d'aimer, mais je guette. Ton retour, sa guérison, mon bonheur. Et j'écris, en vous attendant.

Peut-être que tu ne m'aimes pas ? Eh bien, tant pis ! Ou plutôt, tant mieux. J'ai l'amour désuet, rose bonbon, sentimental. Je ne suis pas à la mode, je n'écoute que de la variété française, des chansons à texte qui « grimacent » le cœur et irritent les yeux. J'ai toujours une larme prête à rouler quand je lis une misère ou que je vois une main tendue. J'ai la nostalgie des vieilles choses et le rejet du moderne. Trop de rêves à accomplir et de livres à écrire. J'aurais eu pour toi une jolie brassée de mots, elle fanera moins vite que toutes les fleurs qu'on t'offrira. Tu as bien fait de partir. T'écrire, c'est user par les mots ce qu'on aurait pu faire. À croire que je n'ai que ça à penser, en t'attendant.

J'ai commencé la nouvelle année sans toi. Perchée sur les hauteurs à deux mille mètres d'altitude, avec pour seuls amis de gros flocons de neige déposés un à un sur une chaîne de montagnes, au cœur du Parc de la Vanoise. Le silence majestueux et blanc m'a rempli l'âme. J'ai oublié de penser à toi, toutes mes forces concentrées sur l'ascension, un pas après l'autre, au rythme d'un souffle fatigué par l'effort. À cet endroit de la terre, la nature ordonne de la conduite, exige ta de la vigilance, prend tout, nous englobe dans sa totalité. On lui doit d'être là, entier, tout à elle. Et c'est ce que j'ai fait. Je me suis donnée à une autre, plus humble que je ne l'avais été, le dos courbé sous le poids du sac à dos, en appui sur deux bâtons, qui, je le sais à présent, m'ont servi de béquilles comme ces mots servent de guides à ma confiance boiteuse. Et j'ai marché longtemps, en t'attendant.

Estomaquée. Deux heures de spectacle, la bouche ouverte, à retenir mon souffle, à ne pas en croire ce que je vois, les mains brûlées à force d'applaudir. Le Cirque de Pékin. Une panoplie de bonheur, de la force, de la discipline, une précision. Mon corps est mou tout d'un coup. Je me sens flasque et sans prétention. Une telle maîtrise, une telle imagination ne trouveront pas de mots à la hauteur. Une femme, gracile, aérienne, se tient telle une danseuse, debout, en pointe sur le bras tendu d'un homme. Lequel ne sourcille pas, ne tremble pas, et semble même tout à fait à l'aise. Une telle confiance, un tel pouvoir. Ai-je quelqu'un autour de moi sur qui compter à ce point ? À qui m'en remettre ? Je vois si peu de monde, à ne rien faire d'autre que t'attendre.

Vœux pour la nouvelle année.

Je fais le vœu que nos pas nous portent là où il est bon que nous soyons, que nos bouches prononcent ces mots qui ne nous trahiront pas, que nos mains se tendent, ouvertes et douces, à cet autre qui nous le demandera. Je fais le vœu qu'au regard posé sur le monde, tu gardes un sourire généreux, une écoute attentive, une attention fraternelle. Et aussi, mais surtout, je fais le vœu qu'il te soit donné d'aimer au moins une fois et follement. Sentir le parfum de mille fleurs envahir ta maison, recevoir des lettres passionnantes, être désirée, caressée, découverte. Goûter à un corps, le sentir exulter, jouir de ses frôlements. Et dire je t'aime, tout doucement, pour très longtemps. Je te souhaite de te sentir belle au-delà des miroirs, forte au-delà des années pour qu'au-delà des misères, tu conserves en toi ces vœux que tu retransmettras. Je me souhaite d'oser te le dire, en t'attendant.

Seconde série, contre la bêtise cette fois ! On ne devrait jamais allumer la télé ! Lire le journal, s'ouvrir au monde ! Vœux pour les hommes, mes pères ! Parce que vous semblez ne vous apercevoir de rien et que franchement j'ai pitié, en cette année 2004, je vous souhaite bien du plaisir. Je vous souhaite de : consommer ; produire ; jeter ; gâcher ; asphyxier ; boire au volant ; insulter vos enfants ; frapper votre femme ; renier vos parents ; danser sur des chansons débiles ; pleurer devant les Reality-Show ; frémir de violence devant les séries B. ; vous foutre de tout ; n'être responsable de rien ; devenir bourreau ; vous sentir victime ; être à la mode ; raconter votre vie ; finir obscène, impudique, mais numéro 1 ; incarner le parfait imbécile, normalisé et respecté ; accepter d'être formaté, lobotomisé, déshumanisé ; continuer d'être un triple con ou un pauvre fou. Et ce, sans vergogne et en tout irrespect.

Tristement et sans compassion, petit homme, 6 mois, sous bulle avec assistance respiratoire, vous regarde vivre et hésite à vous rejoindre. Préfère même attendre...

Tu sais, à force de penser que ce n'est pas le bon moment, il arrive forcément un jour où ça ne l'est plus du tout. Souvent les gens règlent leurs comptes au moment où ils en ont le moins le temps, à l'approche de l'instant ultime quand ce n'est pas après. Moi, pour toi comme pour tout, je ne veux pas en arriver là. Je ne vais pas attendre que l'une de nous soit sur son lit de mort pour t'avouer combien je t'aime. Même si c'est trop tôt pour toi, je préfère ça, à ce qu'il soit trop tard pour moi. Je ne veux pas perdre de temps et tant pis si ce que je dis de mon vivant passe moins bien qu'après ma mort. Je veux vivre en disant, au jour le jour. Ainsi je sais à côté de qui je vis, qui sait ce que je pense et a le choix d'en profiter. Ces regrets qu'on égrène, quand le danger de les honorer vient de passer, me donnent la gerbe. Le courage, c'est de parler maintenant. Et non je ne t'impose rien, bien au contraire, je t'offre la vérité. Ma vérité. Qui vaut l'importance que je lui donne aujourd'hui, alors qu'elle a encore un sens. Je ne veux pas arriver au dernier jour, dans l'urgence de ce qui n'a pas été dit ou fait. C'est aujourd'hui que je t'aime, c'est aujourd'hui que je te le dis, c'est aujourd'hui que je nous souhaite d'en éprouver la jouissance. Demain je ne promets rien, demain est beaucoup trop loin. Les rencontres que le hasard donne à vivre sont une opportunité de l'instant. Instant qui doit être saisi pour pouvoir être vécu. Si ce n'est pas une évidence, alors passe ta route. Je ferai mon deuil, j'irai hurler ma peine, j'écrirai les mots qui l'accompagnent, mais je n'aurai pas de regrets. Et je continuerai de vivre, en attendant.

À te rêver, mot après mot, j'y mets ce que je veux, loin d'une réalité crue et que toi seule connais. Tu vas rentrer, là, bientôt, dans quelques jours et je ne pourrai plus reculer. Ce que j'ai en moi va déborder, se répandre jusqu'à toi. Mes mots vont t'ensevelir. C'est sûr qu'alors tu voudras fuir. J'imagine ce qu'un amour comme le mien peut avoir d'écrasant quand on ne s'y attend pas. Peut-être auras-tu peur, me traiteras-tu de folle ? Peut-être que ce sera la fin ? La fin de mes fantasmes, de mes délires, de ce livre et de moi tout entière. Peut-être qu'alors je deviendrais mauvaise, assassine, haineuse. Peut-être que je serai à l'image de toutes ces fins, grossières, misérables, vengeresses qui, quand un rien les agace, se souviennent du pire, oublient le meilleur. Parce qu'elles sont fins et que les fins font mal, elles détruisent en cinq minutes et piétinent en quelques mots ce que les débuts avaient acquis de plus noble. Elles comptent les défauts, retiennent les manques et n'ont plus qu'une envie : se sauver. Le cœur cassé et déchu de tous ses pouvoirs, les yeux noirs, le regard furibond et la bouche pleine de reproches, le chagrin les égare dans une farandole d'insultes dégouttées. Les fins deviennent échec, frustration, déplaisir et portent un nom : pour toujours, à jamais, déception. Déception de t'avoir tant aimée, en t'attendant.

Encore un mot, juste un, pour te convaincre. Tu peux venir à moi, simplement et sans peur. Je ne veux pas bâtir, je ne veux pas construire. Je ne veux pas de grosses pierres, posées une à une, dans l'effort et le compromis. Je ne veux pas édifier un temple, je ne veux même pas de maison. Ériger, fonder, échafauder qui sont les termes des amours longs, des amours construits, des amours qui durent, me font hurler de peur. Je ne demande pas de certitude avec des barrières, des toitures et de grosses canalisations. Avec des rideaux, des barreaux et des volets aux fenêtres. Non ! Pitié, non ! Je veux du vent pour voyager, de la terre et de l'herbe sous nos pieds, des envies plus que des promesses, des rires pour faire taire nos peurs. Je ne veux pas de crédit sur vingt ans, de baux à cinq ans, de contrats même renouvelables. Je ne veux pas de prévisions, pas d'obligations, pas de privations, pas d'interdictions. Je veux qu'on s'aime tant qu'on s'aime, qu'on se donne tant qu'on en a envie, qu'on partage tant qu'on en a plein le cœur. La vie fera son chemin, son travail. Si le nid qui nous abrite doit être un château ou une ruine, il sera, mais sans effort. L'amour n'est pas un labeur, pas un combat. Ce n'est pas une liste de courses et un caddie trop plein. L'amour n'a de vie que dans l'instant et l'instant n'est qu'une seconde, plus une seconde, et encore une autre seconde. Notre amour peut donc être éternel. Le chemin est déjà tracé, nous le suivrons. Le choix qu'il nous reste est de le parcourir enchaîné ou libre. Ce qui fait toute la différence. L'amour est une invitation. Son seul architecte est l'envie. Sa justice est d'être respectée, son devoir d'être honoré, son besoin de jouir. L'amour n'attend pas les soldes, les démarques, les bonnes affaires, la conjoncture, la reprise, la croissance. L'amour n'attend que toi. Tu peux venir et si c'est bien, tu peux même rester. Moi, je suis là et je t'attends.

L'une en face de l'autre, assises, à faire semblant. Semblant de rien, semblant de tout. À se faire croire qu'on est amies. À parler, théoriser, disséquer. À rire aussi, se confier, t'entendre me dire que tu es bien ailleurs, avec une autre, sans moi. Et je t'écoute, et je souris, et j'encaisse. J'étais venue pour te dire et je me suis tue. Que pouvais-je dire que tu aurais entendu sans t'affoler, sans me rendre ridicule ? Et j'ai menti, j'ai continué le jeu, je t'ai rassurée, je me suis rassurée. J'ai dit ce qu'il fallait, quand il fallait. J'ai parlé d'expérience, d'acceptation, de pacification. Je t'ai fait croire qu'à présent j'étais guérie, prête pour une histoire raisonnable, dans le respect de l'autre, sans exigence, sans impatience. Parce que j'étais grande, accomplie et que j'avais réparé toutes mes névroses, enfin les essentielles, les pires, les affligeantes. Et j'ai confirmé, expliqué, donné des exemples. Parce que j'étais incapable de plonger en toi et de faire silence. Parce que je n'ai pas eu le courage, la folie de dire ce qu'il se passait exactement. Parce que j'étais lâche, que j'avais peur, parce que tu n'es pas libre et que ça n'aurait servi à rien. Et maintenant j'ai vraiment envie de hurler. Je me sens triste à mourir, je voudrais refaire le chemin à l'envers et avoir le courage de ce que j'ai tu. « Tu » pour taire, « Tu » pour tuer, « Tu » pour toi. Et c'est pour tout ça que je pleure, en t'attendant.

J'avais au bout des lèvres un « je t'aime », à crever les étoiles. J'avais au fond des yeux une lumière à irradier le monde. J'avais, prêt à rompre, un cœur plus gros que mon poing. Je possédais tant de choses que tu n'as pas vues. Mais qui es-tu, pour n'avoir rien vu ?

C'est après, que j'ai craché mon amour et que les étoiles ont brûlé. C'est après que j'ai baissé les paupières et que le monde s'est éteint. C'est enfin que j'ai fermé mon poing et que j'ai sauvé mon cœur. Et depuis, c'est contre ça que je lutte, en t'attendant.

L'amour se fout des grandes théories, des expériences, du pourquoi, du comment. L'amour se propulse de l'un à l'autre, pour l'autre, en l'autre. On a beau faire dix mille psychanalyses, se promettre d'être vigilante, avoir compris, se rassurer à coup de « la prochaine fois, on ne m'aura pas », dès qu'il pointe le bout de sa lance, on se laisse embobiner. Parce que c'est là l'essentiel, et que ce qu'il procure, en cet instant, n'a d'égal nulle part ailleurs. Parce que c'est bon, c'est grand, c'est fort. Parce que tu vois, moi aussi, j'y crois... C'est ce que je t'ai écrit et j'ai attendu. J'attends encore...

Ton indifférence est pire que toutes les réponses que j'avais imaginées. Ta lâcheté me déçoit, ma colère gronde. Ainsi tu n'es qu'une garce, une joueuse de bac à sable, une perfide sans grand respect, une allumeuse de petite envergure. Ainsi, tu es sans âme. Mais tu as raison, sois ainsi, sans âme, sans cœur, pauvre pantin de tes propres névroses, sois ainsi et libère-moi. Il aurait pu être trop tard, je m'en sortirai sans dommage. Ouf ! Je l'ai échappé belle. Allez, abats tes cartes et montre-moi le pire, que j'ai envie de décamper. Écœure-moi jusqu'à me rejeter hors de toi. Fuis-moi jusqu'à me libérer. J'avais fait de toi quelqu'un, alors que tu n'es pas grand-chose. Comme c'était triste de t'attendre.

Il est minuit. Les draps sont glacés. Je m'y glisse, épuisée, frileuse. Mes mains cherchent ton corps et trouvent le mien. Mes fantasmes ont un goût amer. Le plaisir ne viendra pas. Quelle jouissance dans un désir esseulé ? J'ai le besoin du partage et mes sources ont tari, à trop t'attendre.

Mais pourquoi est-ce que je ne fais pas comme je sais faire ?

Pourquoi je ne me plante pas là, en face de toi, une main tendue vers la tienne et l'autre désignant l'horizon ?

Pourquoi je ne te propose pas ce bout de chemin, ce possible plein de fantaisie, de plaisir immédiat, de désir insolent ?

Pourquoi je n'ose pas ces maladresses qui ne seront jamais des erreurs, ces impatiences à la limite du supportable, ce brin d'avenir avec un peu de larmes, juste assez pour ne pas assécher nos cœurs ?

Quand il serait si facile de te dire : « *Alors, on se le fait ce bout de chemin, on se la paie cette partie de plaisir, on se le tente ce défi ? Tu me la tends cette main et je t'entraîne, ou tu m'entraînes ? On va chez toi ou chez moi ? Ou ailleurs ? Dans cet ailleurs qui nous ressemblera. Tu me l'offres cette bouche rieuse, rosée et que j'imagine sucrée. On se la fait cette danse, ce désir des corps, cet enlacement étroit ? On se l'offre ce plaisir qui nous déborde des yeux à chaque regard ?* »

Cela serait si simple, alors pourquoi je reste là, muette et plutôt bête ?

Qu'est-ce que j'attends ?

Et si maintenant, j'osais ? Si malgré ce que je sais, j'avançais ma main pour prendre la tienne ? Je la poserais sur mon cœur et tu entendrais. Tu entendrais comme ça explose là-dedans. Comme j'aimerais te retenir et murmurer « *Viens partons, donne-nous une chance, tu m'as manquée, je t'aime, je sais que ce n'est pas prévu, c'est comme une vague, elle m'emporte, laisse-moi te rejoindre, essayons* ». Et si maintenant, j'étais tentée... Mais je n'en ferai rien. Parce que je prendrais le risque que tu refuses, parce que je n'aurais même plus l'espoir de penser que tu n'attends que ça. Parce qu'alors je serais seule avec tout cet amour, qu'il m'en faudrait faire le deuil, et que je ne m'y résous pas. Aussi, je t'embrasse comme une bonne copine, sur la joue et mon cou se casse, ma tête se baisse, je me retourne et je pars. Pour ne pas que tu voies à quel point tu me manques déjà. Et je pars, pleine de toi m'enrouler dans le souvenir, les yeux vagues, dans le ressassement de tout ce que tu as dit ou suggéré, de tout ce que j'ai compris que tu n'as pas dit, de tout ce que j'ai interprété que j'ai bien voulu entendre. Et je me fais des films merveilleux où ce qui était silence devient aveu, où ce qui était rire devient gêne, comme cette façon que tu as de te frotter les yeux pour ne plus voir ou ne pas être vue. J'interprète le moindre mouvement de façon à ce qu'il me dise : « Moi non plus je ne peux pas te le dire, moi non plus je n'ose pas, je joue encore, je fais durer le peut-être, je me protège, mais je t'aime, vois-le, entends-le, sois rassurée, ça va arriver, on s'est comprises, cette attente, cet alanguissement sont là pour la séduction ». Parce qu'après, cette attente et cet alanguissement ne seront plus. Ils seront à jamais la nostalgie d'un début gâché, édulcoré, piétiné par la suite. La banale suite qui se dirige irrémédiablement vers la fin. La fin qui me terrifie jusqu'à emprisonner mes mots, les attacher à ce livre, ne pas vouloir qu'ils en sortent.

Je ne pense qu'à elle, je n'ai peur que d'elle, en t'attendant.

Ce n'est pas t'aimer qui me ronge, c'est me taire ; c'est vouloir te protéger, protéger ton couple, ne pas être celle par qui les choses arrivent. Et pourtant, si je prends ton cœur, c'est qu'il n'était pas pris. Si ma seule présence te trouble, c'est qu'elle ne te trouble plus. Je ne casse rien qui ne soit déjà cassé. Je n'interromps rien qui ne soit déjà perdu. Si je te rejoins, c'est que tu étais déjà partie. Si, si, si... Et pourtant, je ne veux pas être celle-là, car tu me le reprocherais. Alors, tout va à l'envers. Comme je ne peux me lancer dans l'aventure spontanément, je me freine, je me frustre. Je crois que je vais préférer partir. Je vais te quitter sans te dire pourquoi de la même façon que je t'ai aimée, sans savoir pourquoi. Ou si peu. Le voile de mes débuts a eu bon dos. Tu pourrais avoir un doute, avoir envie d'essayer, te tromper, recommencer. Tout ça est trop loin de moi. Pas assez simple, beaucoup trop long. Je t'aime, tu n'es pas libre, je suis venue trop tôt et comme je ne suis pas une héroïne, comme je n'en ai ni l'âme ni la patience, je vais partir. C'est que je souffre trop, en t'attendant.

Je lis ce matin que les gens sont fatigués, de plus en plus fatigués. À l'heure des trente-cinq heures, on invoque les changements de saison ou d'heures, la multitude des ondes qui saturent l'espace et entrent dans nos têtes, les mauvaises postures, debout, pliées ou avachies devant notre écran. Ne serait-ce plutôt que les gens sont malheureux ? Fatigués d'être malheureux. Une inaptitude au bonheur qui use les bonnes volontés, qui démultiplie les contraintes. Personne n'est fatigué de travailler, de passer à l'heure d'hiver ou de trop téléphoner quand il aime et est aimé. Ce ne sont là que des symptômes, au pire des conséquences. C'est parce que nous sommes fatigués d'être malheureux qu'on ne supporte plus sa collègue, ou d'être debout, sous pression. Démotivé, privé d'élan, l'agitation remplace l'action, et nos croyances se désespèrent. On se demande ce qui arrive. Alors on court chercher le remède miracle, la pilule du bonheur avec cette litanie bien connue : « *J'sais pas ce qui m'arrive docteur... J'ai des coups de pompe... Non non, j'ai pas de problème, tout va bien... Je bosse, faut pas se plaindre...* »

Et voilà, c'est fait, l'engrenage. La valse des fausses réponses, des demi-mesures. Est-ce cela qui nous lasse, qui nous épuise ? Parce que ce n'est pas si grave, parce qu'il y a pire. Parce qu'à notre porte, d'autres meurent vraiment, usés par la souffrance. Alors on oublie, on cache, on endort nos petits mots d'Occidentaux trop gâtés. Ça finira bien par s'arranger. On se reprend, on se raisonne et ça repart. Jusqu'au prochain coup de pompe. Jusqu'à la prochaine migraine. Jusqu'à ce que le petit paquet d'idées noires, de frustrations, de renoncements, de dénis qu'on a mis de côté à chaque prise de pilule miracle nous fatigue vraiment. Jusqu'à un malaise autrement plus grand, autrement plus important. Jusqu'à ce que la fatigue nous assomme enfin et nous force à prendre le temps de grandir, au moins avant de mourir. En attendant.

Je t'ai envoyé quelques morceaux choisis, les plus jolis, ceux que je préfère. Des paroles à souhaiter, des passages à méditer, un poème érotique. L'indication de lire le nouveau livre d'Henri Gougaud : *L'amour foudre, contes de la folie d'aimer*. En exergue, il citait Walt Whitman « *Quiconque fait cent pas sans amour marche à ses propres funérailles* ».

Et Mahomet, aussi, « *J'ai trois préférences. Le parfum parce qu'il renferme le secret des femmes, les femmes parce qu'elles renferment le secret de l'amour, l'amour parce qu'il est la seule prière de l'univers* ». Juste comme ça, pour te mettre l'eau à la bouche, la bouche en cœur, le cœur à l'envers. Et ça m'a fait sourire, en t'attendant.

Ce soir, on se retrouve à une fête. Toi et moi, et les autres aussi, évidemment. J'ai mis un peu de noir sur mes yeux, de la malice dans mes sourires, l'envie, elle, était déjà là, au bout de mes dix doigts. Et j'ai attendu. Que tu arrives, très en retard. Et j'ai attendu que tu me regardes, tout spécialement. Tu étais là, si proche, à me frôler et tellement inaccessible. Et j'ai encore attendu qu'une chose se passe, qui soit différente, qui nous concerne, qui nous rapproche. Je parlais fort, je riais fort et toi tu t'éloignais. J'avais échoué, je me perdais. Nous sommes repartis, tous ensemble, évidemment jusqu'à la station. Place de la nation, c'est là que tu m'as dit, presque en urgence, dans la peur de louper le dernier métro, que non tu ne pouvais pas venir en virée avec moi. Notre dernier déjeuner t'avait déjà trop troublée, rendue absente de ta compagne qui t'avait posé des questions et avec qui finalement tu avais choisi de continuer le chemin. Non, les nôtres, de chemins, ne s'écartaient pas plus qu'ils ne l'étaient déjà, mais la sortie, ce soir, là, vraiment, ce n'était pas possible. Elle ne comprendrait pas, déjà ce soir elle tolérait, mais bon voilà, tu comprends. Eh bien non, bien sûr que non, je ne comprenais rien. Pas à minuit et demi, dans un courant d'air, de l'alcool dans le sang et le sang retourné. Non ou alors si, effectivement, je venais de perdre une chance, ma chance. La tête me tournait, je parlais trop vite, trop mal pour que penche la balance en ma faveur. Et j'ai dit « Oui, peut-être je comprends. On ne se voit plus alors ? C'est mieux. Je ne veux pas être entre vous, je ne saurai plus t'attendre encore. Promis, juré, je m'efface. ». On s'est embrassées, tu souriais, moi aussi je crois, comme si voilà, ça n'était pas plus compliqué que cela, même pas grave : un déni total. Et j'ai foncé droit dans le métro, droit dans la nuit, droit dans le bruit, droit dans le mur. J'ai bu encore et j'ai dansé et j'ai regardé. Toutes ces filles avec ces filles, heureuses, riantes, libres. J'avais beau les trouver belles, abordables, attirantes, tu étais là, au milieu d'elles, insolente, tout auréolée de ton absence. Aucune n'avait ce que je pouvais espérer, aucune n'était assez impénétrable pour que je veuille l'approcher. Alors je suis rentrée au petit matin, un casque sur la tête, la tête en overdose, l'overdose de chagrin, m'assoupir quelques heures, pleine de toi et sans m'en apercevoir, j'ai recommencé de t'attendre.

Notre histoire est un loupé. Sa fin à l'image de son début. Erronée, sans logique, pas aboutie. Des mots épars, lancés comme ça, à la va-vite, avortés, puis sauvés, puis une fois encore condamnés. Notre histoire ou mon histoire ? Tu as si peu été là. Je lui donne vie, l'habille de mes mots. N'est-ce pas moi qui la nourris vraiment ? C'est un jeu sans âme qui oublie de voir qu'au-delà des personnages, il y a un cœur qui bat, le mien, et qui souffre. Si tu ne viens pas la continuer avec moi, alors j'aurais écrit, malgré moi, et presque sans toi, mon premier roman inachevé, ma première histoire d'amour et peut-être si la colère me prend, mon premier autodafé. Et pourtant, est-ce que je pourrais t'en vouloir ? Tu m'auras inspiré tant de mots, tant d'envies d'écrire que je ne saurais vraiment te condamner. Jamais encore, je n'avais eu ces mots de l'attente, ces mots de l'amour. J'en ai dit, ah ça oui, beaucoup, avant, autrement. Même murmurés, les autres les ont toujours entendus, mais c'est juste qu'elles étaient là, elles. Avec toi, je pourrais les crier que tu ne les entendrais pas. Ils n'éveilleront jamais aucun volcan, ne retentiront d'aucun écho. Ils se cognent à toi, dérisoires et banals. Espiègles, ils t'amusaient. Sérieux, ils t'ennuyaient. Joueurs, ils t'intéressaient. Rares, c'est encore ceux que tu préférais. Est-ce que tu te rends compte de ce qu'il a poussé, en t'attendant ?

Il y a les mots que l'on dit et ceux que l'on écrit. Ceux qui osent et ceux qui s'étouffent. Ceux sans importance et ceux qui en ont trop. Ceux qu'on rabâche très facilement et ceux qu'on ressasse, difficilement. Ceux qui nous éclairent et ceux qui nous minent. Ceux qui s'offrent, libres et généreux, et ceux qu'il faudrait voler. Ceux qui s'affirment et ceux qui tremblent. Ceux qui ne disent rien et ceux qui voudraient tout. Ceux que l'on donne, ceux que l'on viole. Ceux qui jouissent et ceux qui souffrent. Ceux qui acceptent et ceux qui s'entêtent. Il y a tout ce que tu sais et tout ce que je ne t'ai pas dit. Tout ce que je voudrais savoir et que tu continues de garder. Toutes les fois où tu m'as vue et celles où je t'ai écrit. Il y a tant d'échanges que nous n'aurons jamais, ces différences qui nous séparent. Que pourrais-je bien encore vouloir écrire, en t'attendant ? Je me suis tant perdue à trop t'attendre.

Aujourd'hui, séance photo avec mon petit bout. Une amie, pro du cliché, m'accompagne. Moi, je ne sais bien voir qu'avec le cœur - en fronçant les sourcils ou en plissant les yeux - jamais derrière des lunettes. Quant à l'objectif, on m'a appris à être devant, plutôt que derrière. Je m'approche, il est là, tranquille, réveillé, patient, je lui offre un « Bonjour, bonhomme », il reconnaît ma voix, son visage se fend d'un sourire, la main déjà tendue pour tenter d'attraper la mienne. La bulle nous sépare, mais le contact est fait. La tendresse se fout des obstacles, elle les traverse. Son regard s'accroche au mien. Il me fouille pour savoir. Oui je suis heureuse de le voir, oui je sais qu'il aime que je le lui dise. L'amie, derrière « son œil », nous mitraille, impudique. Notre complicité va s'afficher en 18 x 24, est-ce qu'on y verra qu'il m'a attendue et que je l'ai espéré ? Saura-t-elle traduire tous les pixels de notre relation, colorer nos sentiments, dévoiler sa fragilité ? Zoom sur le bonheur, l'amour à l'état pur, le naïf enchantement. Ça y est, il babille, il a tant à raconter. Je colle son visage au mien. Le plastique n'empêchera pas les bisous, nos rires mêlés, qu'il plisse les yeux, étonnés d'être si proche. C'est à mon tour de lui parler. Je lui explique les photos, qu'il est une star, ma star, qu'il le mérite. Il regarde mon amie, sérieuse, est-ce qu'il doit poser ? Mais non petit bonhomme, c'est pour de rire, pour les souvenirs. Il se détourne, me sourit. Alors je lui raconte, la neige, le soleil, les toboggans, la vie qui l'attend. Que je connais ses efforts, son courage. Que je suis fière de lui et qu'on la fera éclater, cette bulle. Un jour il n'aura plus peur, il voudra sortir et je serai là. Et maman et papa, et le soleil aussi. Parce que c'est certain, ce jour-là, il fera beau. Il rit, s'accroche à mes gants qui lui enserrent la taille, les pétrit par petites pressions soutenues, comme pour me dire « oui, oui ». Il n'a que six mois, ce qu'il m'offre d'échanges est inespéré. L'infirmière arrive, la ronde des soins, le charme se rompt. Je m'éloigne, mais je reviendrai. Ces instants sont magnifiques.

Et je l'aimerai, en attendant.

Hallucinant, le journal.
Alors qu'en lecture diagonale, je prends connaissance de l'état du monde, des hommes et de leur arrogance, à la dernière page, trois heures avant de te rejoindre pour un quatrième et

hypothétique déjeuner, j'enregistre ce que promet cette journée.

Verseau, c'est toi ! « *Si votre cœur est libre, l'amour pourrait sonner à votre porte. Ouvrez-la sans hésiter. Moment de fusion sentimentale avec un être que vous reconnaîtrez comme une âme sœur. Forme au top.* »

Scorpion, c'est moi ! « *Un nuage passager. Peut-être une inquiétude que vous n'oserez pas formuler.* »

Et j'en fais quoi, moi, de ça, en attendant ?

Tu es partie, j'ai attendu que tu reviennes. Tu es revenue, j'ai attendu que tu comprennes. Tu as commencé à comprendre, j'ai attendu que tu choisisses.

Et j'ai compris. Évidemment, tu ne choisiras pas. Vivre avec elle, me garder près de toi, ça oui. Mais me choisir…

Où avais-je donc la tête, en t'attendant ?

Ainsi, j'apprends à ne plus t'attendre. La vie avance, elle me rattrape. Je ne me suis jamais sentie aussi calme et douce que ces dernières vingt-quatre heures. Quoi qu'il arrive, je t'aurais rencontrée, quoiqu'il arrive, tu m'auras reconnue. Va tranquille, ma pensée t'accompagne.

J'ai fini de t'attendre.

Puis il y a eu le trou noir. La perte, l'effondrement et le vide. Vertigineux, nauséeux, larmoyant. La colère, sourde et muette, pleine de violence, impuissante et désemparée. Avec cette envie d'hurler, à tout casser. Déchirer le voile m'a fait mourir. D'un seul coup, j'étais à nu, à vif, exposée. Je me retrouvais seule, je voulais être aimée, j'étais détestable. Trop fragile, trop petite, trop en attente. Alors j'ai fermé les portes, les fenêtres et les volets. J'ai cadenassé ma douleur et j'ai tenté de m'y noyer. L'alcool et les cachets. Les cachets et l'alcool. Sans conviction. Et j'ai pleuré. J'y arrivais mal. Mes larmes n'étaient pas suffisantes J'aurais voulu qu'elles me lavent. C'est tout juste si elles me défiguraient. Il aurait fallu des torrents, je n'avais que des hoquets. J'étais un roc, je m'effritais et je continuais de résister. Il fallait que je lâche prise, que j'accepte la douleur, que je la traverse, que je lui rentre dedans, mais je fuyais. La peur me terrassait. J'étais démunie, je me révoltais. Pour renaître, il me fallait mourir. Ce fut comme une vague qui n'en finit pas. Une de celle qui roule et enroule, immerge, assomme et entraîne loin en dedans, très en derrière. Une de celle qui, lorsqu'elle échoue, de l'écume plein la bouche, morcelée, sablonneuse, te rejette plus loin que là où tu étais partie. Une de celle qui lave jusqu'au profond du souvenir, là où ta mémoire ne va jamais sinon pour te révéler insidieusement tes pires cauchemars. L'attente. Je n'attendais plus et donc plus personne ne viendrait, jamais. Je n'attendais plus, c'est donc que je n'aimerais plus et qu'on ne m'aimerait plus. Toute ma vie j'avais attendu, je m'étais voilé la face à croire que tout viendrait de l'autre. Et toi tu m'avais reconnue, forcée à me reconnaître. Et qu'allais-je faire à présent ? Tout était à inventer et j'avais si peu de force. J'étais à terre, un masque à mes pieds, j'avais vaincu mon démon. Avec qui allais-je vivre maintenant ? Je cherchais des bras, j'embrassais le vent. Je croisais un regard, il se détournait du mien. J'avais trop besoin qu'on m'aide pour que quelqu'un reste. Quand tu te réveilles d'un tel voyage, vide et à moitié morte, assoiffée au rivage, tu comprends que ta source ne sera jamais plus la même. Tu comprends que tout a changé et qu'il te faut réapprendre. Les rencontres ne sont plus tes souffrances, les *scénarii* ne sont plus écrits, mais à inventer, les choix ne sont plus des répétitions, mais ton libre arbitre, tes rêves même n'ont plus le goût des fantasmes d'hier. Ta virginité de la vie est telle que tes premiers pas en sont touchants de naïveté maladroite. Tes nouveaux repères sont tes propres remparts, érigés au pas-à-pas, vides des autres, remplis de toi. Tes repères sont faits des jours à venir, d'une conscience pleine et riche, prête à de nouveaux défis. Ta mémoire ne t'encombre plus, elle t'appartient, elle n'a rien effacé, mais tout apaisé.

Et tu réapprends à vivre sans plus attendre.

Et j'ai rêvé.
Que mon enfant était mort. Qu'on l'avait remplacé par un autre. Je demandais des comptes, personne ne me comprenait. C'est fou, moi qui n'aie même pas d'enfant. Peut-être était-ce mon enfant intérieur ? Celui d'en dessous le voile, mort d'avoir trop attendu.

Mais qu'est-ce que j'ai fait tout ce temps ?
Quelle héroïne ai-je voulu être ?

Moi qui déteste ces femmes qui se sacrifient soi-disant pour leur enfant, soi-disant pour leur mari. Parce qu'ils ne l'ont pas mérité, parce que lui, le brave, est si bon et travailleur. Avec quelle sainte endimanchée ai-je donc voulu rivaliser ? La vie serait-elle une mascarade ? Est-ce que passer sa vie à attendre quelqu'un, c'est être belle, c'est être rare ? N'est-ce pas plutôt être lâche ? Est-ce que c'est avoir peur de ne pas vouloir confronter l'amour au quotidien et de le voir se faner alors que le rêver, lui, le tiendrait vivant jusqu'au seuil de la mort ? Est-ce ce que j'ai voulu faire, en t'attendant ? Est-ce que je vais m'ennuyer à ne plus t'attendre ?

Qu'avais-je à comprendre que je ne savais déjà ? N'ai-je pas trop attendu, en t'attendant ?

Alors je suis sortie. Dans ces endroits peu fréquentables. Et j'ai confronté mon amour à la réalité. Pas à la tienne, à celle de l'autre. L'autre, le danger des couples, l'inconnu. Quelqu'un arriverait-il à me libérer de toi ? Moi qui ne voyais plus personne depuis tant de jours, aurais-je encore ce regard émerveillé, ce désir troublé par la rencontre ? Quelqu'une saura-t-elle faire taire mes démons, éloigner cette attente, ce fantasme de t'avoir aimée si longtemps, innocemment ? Mon horoscope disait : « *Besoin de faire les 400 coups ? Profitez de l'ivresse du moment* ». Le tien répondait : « *L'amour est quasiment à votre porte. Ne partez pas sans laisser d'adresse* ». Comme tu ne m'as pas convoquée, moi, j'ai recommencé à voyager. Qu'avais-je à perdre qui ne m'attende ?

Et c'est là que je l'ai vue. Assise au bar, à rire et parler. Deux yeux extraordinairement bleus. Son regard cherchait le mien, furtivement. Il me fusillait d'un tel éclat que je ne pouvais m'en détacher. Elle était belle, délicieuse, sensuelle et si femme. Mon cœur s'est mis à battre un peu trop vite, j'ai senti la vie pointer à chaque extrémité de mon corps, j'ai pris mon bloc, mon stylo, j'ai souri et alors qu'elle me regardait, déjà conquise, j'ai écrit.

Il y a des sourires qui invitent, qu'on écorche, qu'on évite. Un soir d'ivresse, ne pas sombrer en tristesse. Au détour d'un regard, ne pas être en retard. Oser la rencontre, se tenir tout contre. Ouvrir la danse, accueillir la transe. Un petit bout de bonheur pour rattraper l'humeur. S'enrouler de désir, ne plus pouvoir partir. Une poignée de seconde, pour tenir tête au monde. L'envie de sa bouche ne m'a pas rendue farouche, l'envie de ses mains à redressé mes seins. Un élan de tendresse, pour tuer ce qui blesse...

J'écrivais et je me souvenais. Je me souvenais que j'avais oublié bien des choses, à trop t'attendre.

J'avais oublié qu'on peut être amoureuse en un soir. À quel point le plaisir est immense à reconnaître dans les battements de son cœur cet affolement du peut-être. Qu'être là, juste en présence, à se dévorer du regard, à n'oser se frôler, à trembler de parler, pouvait être aussi bon. Que le souvenir de ces quelques heures parvenait à combler des journées à attendre. Que de si heureuses caresses platoniques pouvaient retendre un sourire, ouvrir à des lumières, forcer des barrières. Alors que je me pensais tétanisée dans une douleur, fermée aux possibles, il a suffi de son regard, profond et charmeur, de sa séduction, sensuelle et riante, pour que la vie éclate à nouveau. Moi qui dormais depuis si longtemps. Ces instants ont été heureux, porteurs d'une magie inégalée et inégalable. Tellement rares et précieux. Un cadeau de l'instant qui appelle à durer. Le sacrilège aurait été de s'y refuser. Et j'ai trinqué au verre qu'elle m'offrait, fascinée, subjuguée, bouleversée. Et si cette rencontre n'avait servi qu'à ça, réveiller en moi la force vive ? Un printemps ne s'annonce-t-il pas aux derniers jours de l'hiver ? Cet hiver où je t'ai tant attendue.

Il y a eu des moments sans nom, dans le silence des corps où l'émotion était presque palpable, le désir presque trop grand. J'ai senti sa peau s'émouvoir, sa chaleur m'appeler, alors même que je ne l'avais touchée. Je savais que pour vivre de tels moments, il fallait être disponible. Il ne faut pas aimer déjà. Être prête et s'apercevoir que l'on a vécu que pour en arriver là. Enfin là. Je ne pouvais refuser de voir ce qui se passait.

Les rencontres portent en elles le pouvoir extraordinaire de bouleverser une vie, d'en changer le sens, d'y apporter plus de valeur, plus de profondeur, plus de vérité, plus d'intensité. Il faut avoir le courage d'entrer dans une relation de la même façon qu'il en faut pour en sortir. Je crois que j'ai recommencé de vivre le jour où j'ai abandonné l'idée de t'attendre.

Je n'avais rien à lui offrir qu'elle ne connaisse déjà : des émotions, des surprises, des envies, des tentations. Rien d'autre que moi, dans une nouvelle âme, que je ne reconnaissais pas. Rien d'autre que moi, ressuscitée, transformée et épurée de tant d'attentes. Et j'ai pensé à cette phrase de Jacques Brel « *Il est urgent de ne pas être prudent* ». Je le lui ai écrit parmi les dizaines d'autres qui ont suivi, insolentes, suppliantes, gratuites. Avec toi, j'avais usé les fils du net, avec elle les ondes du téléphone portable. Un mode autrement plus efficace et rapide qui implique de la précision, un visé juste, le choix des termes. Cinquante en sept jours, une avalanche !
Quelle raison aurais-je eue de vouloir encore attendre ?

J'aurai sûrement la bêtise de lui dire « Je t'aime », comme je l'ai déjà dit parfois. Peut-être irons-nous dans des lieux mille fois visités, peut-être aurai-je ce geste et cette tendresse cent fois répétés. Il n'en reste pas moins que ces instants seront uniques et premiers. Parce qu'ils seront les nôtres et que je serai moi, pour la première fois. Moi, sans ce voile qui emprisonnait mes émotions, qui alourdissait mes pas, qui me faisait attendre et ne jamais prétendre.
Moi, qui commençait à comprendre à quel point je t'aimais, de m'avoir fait tant attendre.

Je te l'ai dit et tu l'as compris. Tu as senti qu'un vent nouveau venait de se lever, qui me nettoyait de profondes terreurs, que notre chemin se finissait et qu'un autre plus tard, peut-être bientôt, pourrait le remplacer. Un qui ne soit plus du passé, pas même de l'avenir. Un qui soit présent à ce que nous étions devenues, que nous ne connaissions pas, mais qui avait la valeur de ce que nous avions traversé. Un qui n'aurait pas à attendre.

Aujourd'hui, penser à cette femme d'un soir m'émeut, me rassure, m'ouvre à la joie, à l'envie. Qui est-elle, comment vit-elle, quels sont ses rêves ? De quoi serait fait notre chemin, y en aura-t-il même un ? Il faudra du temps et que les mots aient fait le voyage pour s'offrir en confiance. Nos mains se trouveront peut-être en une seule et unique nuit comme pour se débarrasser d'un désir parasite, peut-être fugace, peut-être passionné, peut-être pas. Jamais, même. Et qu'importe après tout. La voir vivre me bouleverse. Je me contente de la regarder, émerveillée de la découvrir, et de me découvrir sans autre désir que de partager des bonheurs simples, épris d'affection. J'ai envie d'un chemin avec elle, un que je ne connais pas, que je n'ai encore jamais pratiqué. Je suis tremblante, incertaine, maladroite. Comme au temps des premières amours où l'on ne sait rien, mais où l'on pressent tout. Quelque chose est à vivre que je ne reconnais pas, qui me trouble. Et pourtant je suis paisible, comme en évidence. J'ai envie de frissons, de battements de cœur, de séduction, d'émotions, de sentiments. Être douce, véritablement. La regarder beaucoup et longtemps. Lire sur son visage ce que la vie lui a donné de joies et repris de souffrance. Ne plus prendre, permettre qu'elle me donne. Ne plus posséder, accepter ce qu'elle m'offre. Être ensemble suffira à l'amour. Pour ce désir énorme de la retrouver et de la découvrir, je l'aime déjà amplement. La vie a des cadeaux qui rachètent de tout et permettent de poursuivre un chemin. Aujourd'hui, le cadeau, c'est elle, et il est tellement beau. J'ai envie de douceur, d'abandon et de tendresse. Moi qui ne reconnaissais à l'abandon que le deuil, la souffrance, et la perte, voilà qu'il résonne enfin différemment. Un sens nouveau vient de m'éclairer : me laisser aller, oser me répandre. J'ôte le masque, je sors de ma tanière, je brise la carapace et je m'abandonne à moi-même. J'ai si souvent laissé les autres m'abandonner. Je laisse la vie couler à flot, je ne lutte plus avec ou contre elle, je suis avec elle. La vie ! Si douce et plaisante et tendre et séduisante et sensuelle, ça lui ressemble. Elle est la vie. Je n'ai plus à attendre.

Et pourtant... Bien sûr que j'aurais eu envie de t'aimer vraiment, sensuellement, infiniment. Bien sûr que mes mains ont eu le désir de ton corps, que dans mon ventre un feu s'est réveillé et que mes lèvres auraient aimé cueillir la perle entre tes cuisses. Bien sûr que j'aurais faim longtemps encore de ce que j'ai pu espérer et qui n'arrivera pas. Bien sûr que j'aurais aimé t'aimer, prévenir tes gestes, te couvrir de cadeaux, illuminer tes nuits, transformer tes rêves, me glisser nuit après nuit contre ta chaleur, me réveiller à ton parfum, croire en nos demain, mêler nos cheveux blancs. Bien sûr que si je te croise, je te regarderai la nostalgie au cœur, le désir à l'âme. Je ne vais pas te mentir. Bien sûr que tout ça... Et pourtant...

J'imagine que notre rencontre va au-delà de ça. La nôtre s'est jouée de séduction, tissant un lien imperfectible, mais évident. Nous ne connaîtrons jamais la paresse des matins câlins, comme nous ne connaîtrons jamais la faiblesse des soirs d'indifférence. Ni l'ennui, ni les griffes, ni les doutes, ni les peurs. Rien qui ne soit bien, rien qui ne soit mal. Nous connaîtrons d'autres bonheurs. La tendresse, elle, n'a pas de limite. Je t'aime. Ne l'entends pas mal. C'est vrai, je t'aime. Prends-le comme un cadeau non comme une exigence. J'ai envie de le dire, parce que sinon il m'étouffe.

Je t'aime, mais n'en attends rien !!

Je me sens réconciliée. Toutes mes forces contraires en accord. Cette violence qui était en moi, enfin dissoute en fermeté tendre et caressante. Mes fragiles rendus incassables dans l'acceptation d'une sensibilité idoine.

Sans attente.

J'ai écrit ce livre dans cet espace que m'a laissé ton absence. Il me fallait combler un vide, retenir le lien. Tu aurais pu t'échapper, il fallait que je trouve l'idée de te retenir. L'idée d'un début. À t'écrire ainsi, j'ai pu communiquer avec toi, comme nous ne le ferons peut-être jamais. Ma main a tracé les lignes de mon cœur, en a suivi chaque espoir. Nous aurions pu vivre ce début en vrai et alors, je ne l'aurais pas écrit. À l'écrire pour te retenir en moi alors que tu étais si loin, c'est comme si je l'avais vécu. Je nous ai vues aux terrasses des cafés, à la porte des restaurants, à la sortie des théâtres, sous la douche des chambres d'hôtel. J'ai senti ton parfum, goûté ta peau, joui sous tes caresses. J'ai vécu nos retrouvailles, entendu tes promesses, répondu à tes attentes. J'ai pas à pas accompli chaque étape de ces débuts et j'ai survécu à ton absence. Aujourd'hui les débuts ne sont plus. Ils ont été consommés sans modération et dans l'abondance. Les débuts ne se vivent qu'une fois. On ne peut recommencer à jouer ce qui a été joué une fois. Les débuts ont une fin, celle de notre histoire. Il aurait fallu vivre le début pour passer à la suite. Tu es partie trop tôt. Tu as sevré d'impossible un début qui s'annonçait à merveille. Ma douleur fut meurtrière. J'ai vécu sans toi ce début et comme il en est de beaucoup de débuts qui ne supportent pas de se voir détrôner pour passer à la suite, je l'ai tué.

En t'attendant.

Fichue nuit, fichu réveil. Je suis à l'envers et pas vraiment *Miss Monde*. Alors que la tête en bataille, je m'abreuve d'un café au comptoir du bar-tabac du coin, un homme me fixe, les yeux doucereusement espiègles. Je me concentre sur la porte d'entrée, une femme y entre, un mégot à la bouche, le cheveu fatigué, commande une bière. L'homme appuie son regard comme hypnotisé et se lance.

Lui : Excusez-moi, je peux vous parler ? Moi souriante, mais quand même : Euh oui Je vous en prie. Lui : Vous êtes vraiment très jolie.

Il a dit ça sans ciller, la voix suave, les yeux pétillants, un sourire très doux sur les lèvres. Et il semblait d'une telle gentillesse, presque sincère. J'ai rougi, avalé mon café, dit « Merci », enfin je crois, et je suis sortie, légère et ravie. Dehors, j'ai repensé à la femme avec son demi à 10 heures. Elle l'avait entendu, c'est sûr, la bouche humide, le regard jaune. Elle l'avait entendu et mon cœur se vrillait. Qu'avait-elle bien pu attendre qui ne soit venu ? Qu'espérait-elle encore ? L'attendrait-elle aussi, lui et ses beaux compliments, ou un autre et ses fichus sentiments ? D'autres attendraient encore, toujours et partout. D'autres s'en iraient chevaucher les vallées arides et rêches de l'attente, se désespéreraient à en gravir les espérances, se languiraient en d'absurdes souffrances. D'autres, comme cette femme et même certains hommes, comme tous les enfants que nous ne cesserions jamais d'être. D'autres inexorablement. J'en aurais pleuré, si je ne m'étais souvenue de ce que j'avais appris. L'attente est une éternité qui supplie la fin de la délivrer, et moi, je l'étais, délivrée. Certes, j'y avais mis le temps, mais qu'est-ce que j'avais grandi, en attendant !

Et mon petit bonhomme aussi, qui commence à s'agiter du fond de sa bulle. Je l'ai devancé, mais il suit mes traces. Chaque jour il gagne du terrain, ses gestes se font plus vifs, son regard plus lumineux, son appétit de vivre plus prégnant. De plus en plus souvent, il se dresse sur ses jambes, robuste et droit comme pour dire : « Regarde, je suis debout, bien vivant, presque prêt ». Ses mains tentent d'attraper mon visage, se heurtent au plastique alors il s'impatiente, comprend qu'il y a obstacle et le rejette de plus en plus. Aussi je lui parle, inlassablement, de cette victoire qu'il est en train de remporter, de ma fierté quant à son courage et sa persévérance, de cette opportunité qu'il a su saisir, d'utiliser toutes les petites mains autour de lui pour se guérir, combattre et vaincre la maladie, qu'il est l'artisan de sa réussite, qu'il en fait une force et qu'il saura, en des jours similaires, retrouver cette richesse et l'exploiter habilement. Je l'ai baptisé *Monsieur Sourire*, il est la coqueluche du service, la ronde des infirmières venant s'y réconforter est sans discontinue, sa frimousse force la joie. Il a le charme de l'innocence et du don. Souvent je viens m'apaiser auprès de lui, je le regarde dormir et la paix revient en moi. C'est qu'à tant parler avec lui, il sait tout de moi, comme je comprends tout de lui. Notre chemin est la plus belle aventure humaine qu'il m'ait été donné de vivre, la plus symbolique aussi. Quand il sortira, lui aussi déchirera le voile. Et il renaîtra, plus fort et plus sain qu'aux premières lueurs. Et je serai là, le cœur heureux, la larme claire. Parce qu'il aura compris et moi aussi, que tous les deux, nous n'avions plus beaucoup à attendre.

Si, nuitamment, il vous pousse

Des pensées à me transmettre,

Retrouvez-moi, ici ou là…

https://www.louvernet.com

Ou sur FB :

https://www.facebook.com/RomanLouVernet

Et même par mail :

louvernet67@gmail.com